ちくま文庫

ひりひり賭け事アンソロジー

わかっちゃいるけど、ギャンブル！

ちくま文庫編集部 編

筑摩書房

目次

パチンコ

麻雀

花札、カジノ、チンチロリン……

競馬

競艇

競輪

扉イラスト：上路ナオ子
編集協力：ゴーパッション（杉田淳子、武藤正人）

わかっちゃいるけど、ギャンブル！

ひりひり賭け事アンソロジー

パチンコ

東京パチンコ組合

ねじめ正一

朝から夜まで
パチンコをやっていたら
涙がでてきた。

自分が情けなくて
泣いたのではなく
こんなにも長く一つのことに
真剣に取り組んだのは生まれてはじめてだったので
感激のあまり泣いてしまったのだ。
涙が次々に落ち

右手の親指を濡らした。

昔の手動式パチンコなら
親指にできたパチンコダコを濡らしては
微妙に指先がふやけて
すぐに球が入らなくなり
涙の一粒も流せなかった。

今は自動式パチンコで
パチンコダコもできないから
何も気にすることなくおもいっきり泣けたのだ。

パチンコ中毒症状

末井昭

私は自分でもあきれるほど、パチンコに夢中になっていった。

毎日パチンコ店に通うようになって、いちばん変わったのは服装である。それまで、女の人と会うときなんかは、自分なりにオシャレをしたりしていたが、セーターにジャンパー、ジーンズにスニーカーという固定したスタイルに変わってしまった。ジャンパーはポケットが大きいので、１００円玉を大量に入れたり、景品を入れたりするのに便利だった。スニーカーは、10時の開店に遅刻したとき、パチンコ店まで走りやすい。

毎朝10時には、どこかのパチンコ店に出勤である。会社に勤めていれば、それは無理だが、私はサラリーマンであっても、さいわい時間が自由になる仕事だった。

夜寝るとき、目を閉じると、その日打っていたパチンコ台がまぶたの裏に浮かんできて、玉がビュンビュン飛びだして、なかなか眠れない。夜中でもやっているパチンコ店があれば、すぐ飛んで行ったかもしれない。パチンコ店が夜11時までしか営業してなくて、本当によかった。

私は夜型で、朝早く起きるのは苦手で、朝はいつも布団の中でグズグズしていたのに、8時ごろにはパッと目を覚まし、9時過ぎには家を出るようになった。

「最近早いわねえ」

と奥さんに毎朝言われる。

「パチンコ雑誌が始まったんで、忙しいんだよ」

と言って、そそくさと家を飛び出す。

自宅は小田急線の向ケ丘遊園で、ここにもパチンコ店が5軒あったが、地元で打つのは休日だけにしていた。新台が早く入る店もあったが、地元で打ってそれから会社へ行くまでに40分かかる。それよりも、そのぶん朝早く出て、会社近くのパチンコ店で打ったほうが、長く打っていられるというわけだ。

よく通っていたのは、新宿の「ジャンボ」と「ニューミヤコセンター」、それに高田馬場の「東陽会館」である。新宿からだと15分、「東陽会館」なら3分で会社まで行ける。

小田急線に乗り、「さて今日はどこで打とうか」と考える。時計を見ると、新宿に10時前には着く。昨日、「ジャンボ」で羽根物の「ランバー」という台を打って少し勝ったので、今日もその台を打ってみようと思った。

「ジャンボ」に行くと、すでに何人か人が並んでいた。朝から並んでいる人たちを、私は暇な人たちばかりだと思っていたが、同じ店に何日か通っていると、いつもたいがい同じメンバーだということが分かってきた。つまり、みんなパチプロなのだ。

10時になり、軍艦マーチが流れ、ドアが開いた。パチプロたちはドドッとデジパチのコーナーに走って行く。このころから、パチンコは羽根物からデジパチに人気が移りつつあった。

羽根物は地下にあるのだが、地下に行くのは私だけである。羽根物は空いているので、何も10時から並ばなくてもいいのだが、朝一から打つのはすごく気分がいいのだ。開店前に並んでいるとき、今日はどの台が出るのだろうかとか想像しているときの、ワクワクした気分もいい。

羽根物は一気に稼ぐことはできない。それでも少しずつでも玉が増えていれば嬉しいが、出たり飲まれたりしていると、生殺しにされているようで、時間ばかりが無駄に流れていくような気になる。そういうときは、なんとなくデジパチで一気に勝負をつけたい気分になってくるのだ。

といっても、このころの私は、まだデジパチに対して警戒心があった。というより、ギャンブルに対しての警戒心だったのだろう。羽根物に比べて、デジパチはギャンブル性が強い台だ。羽根物のように、大当たりするまでの玉の動きを目で追うことはできない。いつ大当たりになるか分からないデジパチは、いくらお金を飲まれるか分からない台なのである。

ところが、そういうデジパチのなかに1台だけ好きな台があった。「フィーバーアバンテⅦ」という台だ。パチンコメーカーの三共に取材に行ったとき、パッと見て感動のようなものを覚えたのがこの台だった。三共独自のドラム式の台で、黄色を基調にした盤面のデザインがきれいだったし、風格もあったし、台全体の印象が、パチンコ台として完成されているような感じがした。

その台をパチンコ店で最初に見たのが、「ジャンボ」だった。パチンコ台を見て立ちすくんだのは、そのときが最初である。1台だけ見て感動した台が、なんとズラッと16台も並んでいるのだ。「わぁ、すごい！」と思って、私はしばらくその場を動けなかった。

「ジャンボ」の地下で羽根物を打っているときも、1階の「フィーバーアバンテⅦ」がいつも気になっていたが、それまではやはり怖くて打てなかった。「ランバー」を打っていた玉がなくなり、ポケットの中にまだ1万円あるのを確かめたとき、ふと「よし、今日は思い切ってあの台を打ってみよう」と思ったのだった。

1階に上がって「フィーバーアバンテⅦ」のシマに行くと、空き台は半分ぐらいあったので、そのなかの1台に私は座った。

ドラムを回すスタートチャッカーが下のほうについていて、玉がヘソ（台の中央）からストンとそこに落ちるのが気持ちよかった。玉がそこに入ると、音楽とともにドラムが回り始める。3つのドラムに同じ絵柄が揃って、小デジタルにFか7が止まると大当たりになる仕組みだ。

羽根物は、スランプになって全然鳴かなくなったとき（スタートチャッカーに玉が入らなくなったとき）ドキドキしなくなるが、この台はドラムが回るたびにドキドキする。左、中ドラムに同じ数字が揃ったときは、もっとドキドキする。ドラム式の台は、物理的に3つのドラムが回って、左から順番に止まっていくので、数字がランダムに出るデジタル式の台に比べて、絵柄が揃うことがイメージできるのだ。

1600円投入したところで5の数字が揃った。デジタルが点滅してFが出た。やった、大当たりだ。ランプがピカピカし出して音楽が流れる。アタッカーが開いて、玉がどんどん吸い込まれ、下から玉がどんどん出てくる。

このときから、私は「フィーバーアバンテⅦ」の虜《とりこ》になって、毎日この台を打つようになるのだった。

デジパチを打っていると、やめどきが難しくなる。大当たりしないうちにやめると、つぎ込んだお金がまったく無駄になる。といって、大当たりはいつくるのか分からない。時間がなくなって大当たりが取れないままやめると、会社で仕事をしていてもその台が気になってしまう。いまごろ誰かがあの台を出しているのではないかと思うと、仕事になかなか手がつかなくて、そそくさとまた「ジャンボ」に行ってみる。その台を人が打っていたら、自分の女を人に取られたような、腹立たしいような気分になる。台が空くまで、違う台を打って、空いたらサッとその台にタバコを置く。「今度は機嫌なおしてくださいね」とか、台に向かって喋ったりする。ちょっと、頭のおかしい人みたいだ。

そんなことをしていたから、仕事はどんどん夜に持ち越されて、睡眠時間がだんだんなくなってしまった。毎日寝不足で、パチンコを打っていても、ハンドルを握ったまま深い眠りに落ちて、恥ずかしい思いをしたこともあった。

仕事が深夜に及ぶと、家に帰って寝ていては10時の開店に間に合わなくなるので、新宿のサウナに泊まることも多くなった。こうなると、生活パターンだけは立派なパチプロである。

私はもともと内向的な性格で、どちらかというと人と会ったりすることが苦痛なほうだった。そのうえ、自意識過剰で、若いときは人とも話せないような状態だった。人と話すのが恥ずかしい反面、「あんな奴と話なんかするものか」という気持ちも強かった。編集者になって、人と会うのが仕事になって、逆療法でそれは少し治ったが、性格そのものは変わっていないのだ。

1人で機械と向き合うパチンコは、そういう人間にはハマリやすいのだろう。パチンコをやっている人のなかには、私以上に人と会うのが怖かったり、社会生活がうまくできなかったりする人が多いのではないのだろうか、と思うようになった。

パチンコ店に一歩入ると、そこは別の世界である。みんなが台に集中しているので、人目を気にすることもないし、人と話す必要もない。外の世界のことは頭から消えて、ひたすらパチンコに没頭する。玉の動きがすべてで、ほかのことはいっさい頭から消える。パチンコ店の中が、私にとっていちばん居心地のいい場所になってしまった。パチンコに夢中になり、気がついたら夕方になっていたこともたびたびあった。外に出ると、自分がアウトローになった気分になってくる。ビルを見上げると、窓に働く人の姿が見える。自分はあの人たちとは違う世界にいるという気分になってくるのだ。

しかし、その日やらなければならなかった仕事のことや、会わなければならなかった人のことを思い出してくると同時に、だんだん不安な気持ちになってくる。「俺はこんなことをしてていいのかなぁ。こんなことをしてると、誰にも相手にされなくなって、取り残されてしまうんじゃないかなぁ」と思うようになってくる。

こういう社会から取り残されたような気持ちは、おそらくパチンコをやってる人なら誰でも持っているのではないだろうか。私以上にパチンコに夢中になり、パチンコで食えるからと、会社をやめてしまった人なんかだと、もっとそういう気持ちは強いのではないだろうか。

そういう気持ちがあるから、パチンコで負けたときはすごくむなしい。ますます取り残されたような気分になって孤独になる。それは、持って行き場のないむなしさや孤独感なのだ。人に言えば気分も楽になるのだが、そういうことはなかなか人には言えるものではない。言ったとしても、バカにされるのがオチである。

そういう人が、帰りに缶コーヒーを買いにコンビニに寄る。ふと雑誌コーナーを見ると、私が作ったパチンコ雑誌がある。パラパラめくって見ると、パチンコのことがいっぱい載っている。真剣にパチンコのことを考えている人がいるということを知っただけでも、むなしさや孤独感が薄らいで、勇気が出てくるのではないだろうか。

もちろん、これは私の想像だが、なんだかそういう雑誌を作れることが、嬉しくなってきた。そして、「この雑誌は絶対売れるだろうなぁ」と思うようになってきた。

雑誌名が決まっていなかったのだが、新宿のパチンコ店から出てきたとき、『パチンコ必勝ガイド』という誌名をふと思いついて、これに決めようと思った。パチンコが分からないのに「必勝ガイド」というのも無責任な話だが、気負いのないとこがいいし、分かりやすいし、なんとなく気に入っていた。

１９８８年11月９日に、『パチンコ必勝ガイド』は創刊された。部数は『写真時代』のときと同じ10万部だった。あのときは完売に近い売れ行きだったが、今度はどうだろうか。いつも雑誌の創刊のときは、期待と不安が入り交じった気持ちになる。

にちようびはいつも妻とパチンコ

荒木経惟

私はあまりパチンコはしない。けど、嫌いではない。あの喧噪が好きだ。とくにSF音が好きだ。SMの方が好きだけどネ。

にちようび、ウチにいる時はいつもパチンコをする。ヨーコ（わが愛妻）が夕食の買物に出るのに散歩がてらついていって、梅ケ丘駅前商店街のパチンコ・エースに入る。ヨーコはパチンコ大好きなのだ。

いつも1000円ずつすることにしている。私は10分ももたず、となりのヨーコの玉を盗む。ヨーコは必ず勝つ。とってやると気持ちを集中してやらなきゃダメだそーで。私はってーとただボー然とうっているだけなので。でもボー然とならざるをえないのだ。あの玉の動き、あのキッチュなデザインのメカニズム、SM音おっと間違えたSF音、ありゃあアートだ、トリップしちまうのだ。

そーいやァ私はひとりでパチンコ店に入ったことがない。いつもヨーコといっしょだ。で、いつも私はカメラをもっているから、パチンコやっているヨーコを写す、2度玉もらうのもなんだからネ。ついでにこわそーなお兄さんとか赤サンダルねぇちゃんも写しちゃう。

私の写真集は30冊ぐらいあるが、私の1番好きな写真集『わが愛、陽子』（朝日ソノラマ）に、2点もパチンコをしてるヨーコの写真がある。婚前旅行（って言葉も古いねェ）で日光に行った時、駅と金谷ホテルの中ほどにあった小さなパチンコ屋で近所の割烹着姿のおばさんと2人きりだけで、バッグ左手にぶらさげて立ってやってるヨーコ、天井の扇風機が記憶にのこってる。もー1枚の横浜のパチンコ店での写真も立ってやってる。で、手動式だ。手動式の頃は私もよくパチンコをやってた、小中学生のときだ。よく玉を盗んで、ケンカに使った。こないだTVで観た成瀬巳喜男の「乱れ雲」に若き加山雄三がパチンコしてるシーンがあったが、立ってやっていた。

あの立ってやってた頃が懐しい。いまがどーのなんだのとゆーのじゃないんだけど、抒情があった。あはは、あたしゃセンチメンタルだからネ。まーよーするに、パチンコは私にとってバクチじゃないからだろーネ。

きょーのにちようびもパチンコをやった。そして、いつものように私は10分で終り、ふたつかみヨーコのをもらい、で、写真を写した、ヘビメタ兄ちゃんも。

パチンコ・エースの前のマクドナルドには入らず、ちょっともどってそば処「寿美吉」で湯メンを食べて、ヨーコは下北沢に買物に。紅葉の花水木の坂道を歩きながら、もって帰ってとわたされた袋の中を見たら、キッコーマンしょうゆ1本といろんなチョコレートが5箱入っていた。皮ジャケのポケットの中には玉が5、6個入っていた。これは乗車拒否をした深夜のタクシーに投げつけるのに使おう。

競馬とパチンコ

遠藤周作

子供の時、両親からクリスマスに兄と私とは、コリントゲームというゲーム台をもらった。

年配の方は記憶があるだろうが、これが後のパチンコの原型になる、バネではなく短い棒で玉をはじく手動式パチンコと言ってよいだろう。

兄と私とはこのコリントゲームに熱中して毎日、勝負をしていた。

歳月がながれ、昭和二十八年の五月、三ヶ年ほど日本を離れて帰国してみると、上陸した神戸の街でパチンコ屋が並んでいるのに驚いた。

私が日本を離れた時は東京も神戸も闇市や焼け跡のバラック建ての時代で、戦火の痕が文字通りまだなまなましく残っていたのだ。

それがたった三年の間、例の特需景気で国中がガラリと変っていた。浦島太郎のような私はまず街にタクシーが走っているのを見て驚いた。次にパチンコ屋から景気のいい玉音がひびき「上もいくいく、下もいく」という歌謡曲が鳴っているのに驚いた。その夜、私は初めてパチンコをやったのである。

時々、考えるのだが、パチンコはなぜヨーロッパや米国で流行しないのだろう。

本誌*をみるとパチンコは今、台湾や香港にも進出しているそうだが、私の知る限りロンドンや巴里にパチンコ店はない。（少なくとも私は見たことがない）

もちろん白人だってゲームや勝負事は大好きな筈で、巴里のキャフェでは成年たちがフットボール・ゲームの台を囲んで熱中しているし、そのほかのゲーム器具もある。とするとパチンコが彼等の感覚にあわないのは何故だろうか。ひょっとして、パチンコは日本人や東南アジアの人の心をくすぐる何かがあり、西欧人的ではないのかしらん。どなたか暇な人は教えてくれませんか。

こんなことを書いたら叱られるかもしれないが、パチンコ屋にはあるわびしさがあって、それが私など好きなのです。

若い頃にB学院で教えた女性がパチプロになっていて、偶然、再会し、彼女に弟子入りをしたことがある。

最初の授業の夜（雨がふっていた）彼女は両手に紙袋をさげてきた。

二つの紙袋のなかにはネギや白滝が入っていて、彼女は気に入ったひとつの空席にその紙袋をおき、別の台を調べに店中を歩きまわった。私は水にぬれたその紙袋の番をしながら、戻ってきた彼女から釘のみかたを丁寧に教えてもらった。

だがその日、師匠である彼女の成績は悪かった。私が買った玉はひとつ、ひとつ消え、そして最後の五つが残った。すると何ともいえぬわびしさがその五つの玉をうつ彼女の背中から感じられてきた。

「駄目でした」

と彼女はポツリとつぶやいた。

しかし私はそれゆえにパチンコが好きになった。もし、あの日、私の師匠が鮮やかな手なみをみせ、たくさんの賞品を獲得していたら私はパチンコがそれほど好きにならなかったろう。

この感じは——たとえば競馬でレースが終ったあと、オケラ街道を歩く時の気持に似ている。夕暮の、少しさみしい風が地面に捨てられた無効の馬券をまきあげる。そして捨てられた馬券をまた一枚、一枚、調べまわっているオジさんがいる。

あの風景がなければ競馬はたんなる勝負になってしまう。しかしあの風景があるから、競馬は勝負以上の味となるのだ。

パチンコにもそれによく似た味がある。最後の五つの玉がひとつ、ひとつ消えていくわびしさ、そして床に落ちている玉をそっと拾っている人。私がパチンコが好きなのはそのためです。

＊編集部註：「王様手帖」（アド・サークル）のこと

麻雀

裏ドラ麻雀の秘密

五木寛之

麻雀のことを書く。

はっきり言って、私は麻雀が下手《へた》くそである（別にはっきり言わずとも下手だとは思うけど）。だが、なぜか、時どき、勝つ。この時どき、というのは控え目な言い方であって、数年前は年中負けてばかりいたが、去年はかなりの確率で勝っている。

私の麻雀を、裏ドラ頼りの麻雀だと評する人がいる。それは間違いではない。その通りだ。

だが、裏ドラ麻雀というのと、裏ドラ頼りの麻雀とはちがうのではあるまいか、というのが私の考えだ。

たしかに私は裏ドラがよく乗ることが多い。

「運の強い人ですね」などと言う向きもあるし、「ツイてる奴にはかなわないよ」などとなげく相手も多い。

だが、もし数学に達者な人物がいて、私の麻雀を分析するとすれば、おそらく、そうは言うまい。

「この人に裏ドラが乗るのは、当然です」

と、うなずくはずだ。

私は作戦として裏ドラの乗るような麻雀の打ち方を試《こころ》みているつもりだし、それほど自分が運のいい男だとも思ってはいない。

私は裏ドラ狙《ねら》いの麻雀である。狙い、と、頼り、では、かなりちがうのではなかろうか。（外野席より声あり、同じことじゃないの）

というわけで、なぜ裏ドラが乗るかを説明してみようと思う。そうすれば、皆が思っているように、私が単にパイをつまんで、右側から捨てるだけでないことがわかるのではあるまいか。実際、かなり多くの人びとは、私のことをそう信じているらしい。ツモって、右端から順々に捨てている間に幸運にもテンパイし、リーチをかければ幸運にも一発で出てきて、ドラをめくれば裏ドラが偶然にいくつも乗っている――そんな麻雀の打ち手だと思われているのである。

だが、しかし、別にもったいぶる必要もないけど、私はとにかくにも裏ドラ狙いの麻雀をやっているのであって、偶然だけに頼っているわけではない。

裏ドラというやつに対しては、本当のところ、私はある疑問を持っている。裏ドラなしでやれるのなら、そのほうがいいとすら思う。ドラそのものも、一向になくてもかまわない。

「ドラなしでやらないか」

と、一度言い出して、皆に笑われたことがあった。要するにドラは現代麻雀の必要悪のごときものらしい。

で、どうしてもドラがつくのなら、ドラを考えて麻雀をやらなければならない。イヤだイヤだでは通らない。

そこで私は、裏ドラを狙って麻雀を打つことに決めた。

裏ドラは、リーチをかけてあがった人間だけが有する固有の特権である。リーチなしで裏ドラ頼りの麻雀はできない。ここは、何がなんでもリーチで行かねばならぬ。

そう考えた私は、とにかくテンパイすれば即リーチで行こうと決めたのだ。どんなに出そうにない待ちでも、一つ待てば大変な上りになりそうな手でも、テンパイすれば、即座にリーチを宣言する。迷わない。公式的にリーチ、でゆく。もう一つ変れば役満、という手でも待ったり、回したりしない。したがって、うまくあがれた時は必ず裏ドラをめくる権利が生じる。

裏ドラは好きでない、と私は前に書いた。それは本当である。そもそもかなり運の要素の強い麻雀に、ドラは必要かどうか、昔から疑問に思っていた。

だが、いま仲間と麻雀をやる場合に、ドラなしでやろう、と言い出したところで通らない。

雑誌の対局などでも、ドラはちゃんと使うとりきめになっていて、一人だけのわがままは認められない。

そうなれば、いやでもドラを生かした麻雀を打たねばならない。裏ドラもまたしかりである。

泣く泣くドラ麻雀を打っている。だが、ドラ入りと決まった以上、そこでぼやくのは男の子としては恥ずかしい。それならいっそのこと、ドラを最大限に生かした麻雀をやろうというのが、私の考えだ。

よくドラ麻雀は邪道だ、などという声を聞く。

邪道だと思う人は、ドラなしで打てばいい。なにもぶつぶつ言いながらやることはないではないか。

いやでも何でも、それで行かねばならないとなったら、気持ちよくやる。そうでなければゲームは楽しくない。

というわけで、ドラ麻雀の話にもどるが、よく裏ドラの乗る人、という表現には、どこか錯覚《さっかく》があるような気がする。

前にも書いたように、裏ドラの権利は、リーチから生ずる。とすれば、裏ドラのよく乗る人というのは、よくリーチをかける人、ということになる。どんなについている人でも、リーチをかけなければ、ドラをめくる権利がない。

面前で軽く上って、ついでに何気なくドラをめくってみたところが、なんと三つもドラが乗っていた、なんてことがよくあるものだ。

「リーチかけとけばなあ！」

と嘆声を発するようでは、裏ドラ麻雀には縁なき衆生《しゅじょう》と心得られたい。

とにもかくにも、まずリーチをかける。即リーでゆく。たとえどんなに悪い待ちでもである。

もう一、二巡待てば両面《リャンメン》のいい待ちになるかな、と思えても、そんな邪念はふり払ってテンパイ即リーだ。

なぜかといえば、もう一、二巡待ってる間に、他のメンバーが上ってしまうかもしれないし、想像するだにでかそうな手でリーチの先制攻撃をかけてくるかもしれない。白、發をポンして、手の中に中《チュン》が隠れていそうな感じになるかもしれない。そんなとき、安い手でリーチをかけるには、大変な勇気がいる。びびってリーチに踏切れない。したがってリーチの回数がへってくる。

なにはともあれ、リーチである。そのためには、ポンやチーを少なくする。テンパれば即座にリーチ。欲をかかないで裏ドラにまかせる。

テンパイ即リーの原則は絶対に崩《くず》さない。たとえそのために、一回や二回、馬鹿な目にあっても、それは不運とあきらめる。なによりも一つの鉄則を守り通すことの大きな利点に賭《か》けるべきだ。

いつか私がテンパイして、リーチをかけようと見回したら、カン三萬が四枚切れている。迷ったけれども、無いパイを待ってリーチをかけた。これは上りより、原則を崩さぬことを重んじたためだ。その回は、結局負けたが、朝には勝っていた。

私がやたらとリーチにこだわるのは、裏ドラの可能性に賭けるほかに、もう一つ理由がある。

それは、考えるのが面倒だからである。麻雀はメンタルなゲームだから、考え出すときりがない。あらゆる可能性がひそんでいて、少々の頭の働きではとうていその深奥《しんおう》なる原理には到達できないと考えている。

麻雀や競馬を考えに考え抜く人には、二つのタイプがある。

一つは、天才。

これは抜群の頭脳と知性をそなえた特異人である。

もう一つは、ゲームに限らず、世界に存在するものの深さ、奥行きの限りなさを感ずることができず、甘く見ている人。いわば世の中をタカをくっている人、といってもいい。

麻雀にしても、競馬にしても、ちょっとやそっと頭を働かせたところでどうにもならない怖《おそ》ろしい世界である。信じられないようなことが、しょっちゅう起こる世界だ。その限界は見きわめがつかない。

私はいつも卓に向かう度《たび》に、世界とか、人間とかの玄妙《げんみょう》不可思議なる諸相に、粛然《しゅくぜん》、襟を正したくなる気分におそわれる。

私は天才ではないから、己れの卑小な頭の働きでその神秘に立ち向かおうなどとは夢考えない。

朝の太陽をおがむような気持ちで、ハイを混ぜる。小鳥はなぜあのように妙《たえ》なる声で歌うのか。草花はなぜかくも千変万化の色に咲きほこるのか。ハイの流れはなぜこのように皮肉な動きをするか。人間はなぜかくも欲深く、心弱い存在であることか。造化《ぞうか》の神秘の前にぬかずく、といえばおおげさだが、子供の頃、屋根に登って音もなく中空《ちゅうくう》を走る天の川の星群を眺める時の心のおののき、そういったものを毎回感ぜずにはいられないのである。

そこに知力で挑《いど》むには、自分はおろかすぎる、弱すぎる、という思いが私にはある。で、さからうのをやめる。天の御手《みて》に自分をゆだね、偶然と必然の玄妙な流れに浮んでただようことにする。リーチをかける、とは、そういうことである。出やすいように根回しをしておいてリーチをかける人もいるだろう。偶然と見えることが、実は必然の結果であることも知っている。

しかし、偶然と必然とは、全くの反対物なのだろうか？

私にいわすれば、この世に偶然などというものはない。ツキもない、運もない。すべては一つの宇宙の流れなのだ。その意味では、すべて必然の結果なのだ。世界というものは、ものすごくはっきりしている。人間は死ぬ。生れたその瞬間から、一日一日と死へ向かって歩いてゆく。そこには偶然も、必然もない。一つの流れがあるだけだ。

私にとって、麻雀とは、そのような目に見えぬ世界の流れの鼓動を体で感ずることである。

したがって、考えて麻雀をやる気はない。早くテンパイし、リーチをかけ、後はただ見えざるものの手にすべてをゆだねて、ツモったり、振り込んだり、流れたりする。そのためのリーチなのだ。そのおマケとして裏ドラがつく。これは有難く感謝して受ける。それが、私の麻雀だ。さて、今夜は誰と卓を囲もうか。

名人戦の思い出

綾辻行人

縁あって、双葉社『週刊大衆』主催の「麻雀名人位決定戦」に初参加したのは一九九〇年、もう十四年前のことになる。

あの時の緊張と云ったらなかった。当時、僕は二十九歳の駆け出しミステリ作家。麻雀好きであることにだけは自信があったが、競技麻雀の大会も初めてなら牌譜を採られるのも初めて、対戦相手は錚々《そうそう》たるプロの面々も含め、各界の名だたる強豪揃いである。そんな中で、とにかく対局者に失礼がないように、とばかり思って丁寧に打っていったら、幸運にも三回戦まで勝ち進むことができた。これで二着までに入れば決勝進出、という正念場のオーラスで、しかしこの時は金子正輝さんに痛恨の直撃を喰らってしまう。逆転して勝ち上がった金子さんはそして、その年の名人位を奪取されたのだった。

以来、名人戦には毎年のように参加させていただくようになったのだが、素人にしては相当に高い確率で決勝手前まで行くものの、その先にはどうしても進めず、悔しい思いを味わいつづけた。

この間、小島武夫さんや井出洋介さんをはじめ、幾人ものトッププロと卓を囲む機会を得た。長谷川和彦さんや伊集院静さんといった強者ともお手合わせ願えた。この三月に亡くなった安藤満さん[*1]との親交も、名人戦での出会いがきっかけとなって始まった。勝敗はさまざまだったが、それらの対局のたびに感じたのは、これはお世辞でも何でもなく、みんな何て凄い人たちなんだろう、ということだった。「たかが麻雀」に対してこんなにも真摯に、その時々の己の存在を賭けて打ち込んでおられる姿が、それぞれにたいそう感動的で、そんな人々に交じって毎年、名人戦という大きな舞台で戦えることが、とにかく嬉しくて仕方なかったものである。

麻雀を打つ時、一貫して自分に課している姿勢がある。それは「麻雀に対して謙虚であれ」ということである。

麻雀というこの奥深いゲームを自分がどれほどよく分かっているのか、僕には分からない。自分を「雀豪」だなどとは思っていないし、人一倍のツキに恵まれた人間だとも思っていない。場数を踏んで技術はそれなりに向上してきていても、そんなものはまだまだだと承知している。けれども当然、打つからには誰が相手であっても勝ちたい。勝ちたいと願い、勝てると信じて卓に向かう。だが、そうして首尾良く勝てたとしても、決してそこで「謙虚さ」を忘れてしまってはいけない、と常に己を戒めるようにしている。

どんな状況であっても、我慢に我慢を重ねて、一打一打を丁寧に打つ。そうすれば必ずや、麻雀の神様は微笑んでくれる。——と、元来まったくの合理主義者・無神論者であるはずの、ひねくれ者のミステリ作家が、こと麻雀に関してだけは、こんなにも素直で素朴な精神論者になってしまうのだから、いやはや、やはり麻雀は奥深い。

初参加から九度目、一九九八年の第29期名人戦でやっと、念願の決勝進出を果たすことができた。ディフェンディング・チャンピオンである第28期名人は安藤さんで、挑戦権を得たのは僕と伊集院さん、そして五十嵐毅さん。この時はしかし、夢にまで見た決勝卓に残れたというだけで何だか満足してしまって、結果、なすすべもなく惨敗。安藤名人が余裕の戦いでタイトルを防衛した。

ところが翌九九年、まさかと思っていたチャンスが続けて巡ってきた。苦しんで苦しんで予選を戦いきった末、再び決勝に勝ち上がることができたのである。この時の決勝進出者は他に、飯田正人さんと西原理恵子さん。前回の轍は踏むまい、何が何でも勝つ、という意気込みで、安藤名人に向かっていった。と云っても、もちろん基本は「我慢に我慢を重ねて、一打一打を丁寧に打つ」である。あくまでも謙虚に、しかし必死に。

対局の間、身体中の神経がひりひりしっぱなしだった。そんな極度の緊張感が、愉しくて仕方なくもあった。最終局が終わり、安藤さんが「おめでとう」と云って握手の手を差し伸べてくれた時には、もうこのまま椅子から立ち上がれないのではというくらいにエネルギーを使い果たしていた。

第30期麻雀名人位奪取。

その実感が湧いてきたのは、優勝者の挨拶でマイクを握った時である。あれこれと話したいことがあったのに、途中から涙が止まらなくなり満足に喋れなかった。人前に立ってあんな状態になってしまった経験など、それまでの人生で一度もなかった。ああ、思い返すだに恥ずかしい……。

諸般の事情で、名人戦は第31期以降の開催が凍結されたまま現在に至るが、早期の復活を心から望む。でないと、いつまで経っても「現名人は綾辻行人」ということになってしまう。「謙虚さ」がモットーの僕としては、それはちょっと荷が重すぎるのである。

＊1　二〇〇三年の秋口に食道癌が見つかり、闘病を続けていた安藤さんだが、この年の三月に永眠された。享年五十五。告別式のあと、弟子筋の若手プロが号泣しながら骨を拾っていた光景が忘れられない。
　無頼派の雀士を気取りながらも、大変な読書家で、いずれ自分も小説を書きたいと公言していた安藤さんだった。僕の作品も愛読してくれていて、「『暗黒館』はまだできないの？」と、ずっと云われつづけてきた。もう少しだったのに……と、あのときは悔しくてたまらなかった。

重い病気にかかっています

鷺沢萠

今日で通算半荘十八回ノートップのサギサワです。ども。みなさん、麻雀の調子はどうすか。勝ってますか。勝ってるハズだと思うな。だって連続十八回もトップを取れない人間がいるんだもん。現に。いまここに。疑いようもない確実さでもって。そのぶんどっかにまわってなきゃ、それはオカシイ話っすよね。

と、おちゃらけてどうにか自分を支えようとはしているが、正味の話で鼻の奥のほうがツーン、としてくるほどの、これはまさに非常事態である。だって十八回だよ十八回。しつこいけどもういっかい書こう。十八回。のべ日数にして四日。おえええ。

病気か？　これは病気なのか？　ウイルス性？　こ、抗生物質のまなきゃ。って、だからウイルスだったら効かないよ。

などと言っていたら、私がお金を失っている現場であるところの雀荘を経営していらっしゃる岡倉寅吉さん（仮名・四十八歳）はこう仰《おっしゃ》った。

「う〜ん、病気なのかもねえ。でもサギサワさんの場合は先天性なんでは？」

その台詞のあまりのデリカシーの欠如に貧血を起こしかけていると、雀荘の常連客である小田原ユキがぬうっ、と現れて言った。

「病気です病気です病気なんですよ、それサギサワさん。ワタシに伝染しましたねっ？」

聞けば先週末にはサンマでダブハコをくらい、今日はトビラスとトビ寸ラスを見事に交互に繰り返していたのだという。四回やってアガったのはクイタン・ドラ一の二〇〇〇点いっかいこっきりだったそうな。

「ほ、ほほう……。それもなんというか、なかなかに香ばしい戦績ですな」

思わず顔をこわばらせながら言うと、小田原ユキは涙目になった。

「な、何をやってもダメなんです。オリても突っ込んでも必ず刺さりますううっ！」

「うんうん、症状としてはかなりの類似点があるねえ」

「今日なんかベタオリの一打、一枚切れの［西］をトイツで落としてったらリーチチートイドラドラにイッパツで刺さりましたあっ」

「あー、ねー……、自分がオリてなきゃ相手にアガり目がない、っていう……」

「そうですうっ、だけど勝負行っても刺さるんですううっ」

「うんうん、判るよお。オヤでタンピン張って、ダマテンでニッキュー取りあえずアガっといて一本積もう、とか思ってるうちに他家からリーチかかって、でも自分の手は中盤以降で思ってもみなかったサンショクが付いちゃって……」

「そうっ、そうっ！」

「しかも自分のサンショクは234とか678とかのハジ目。追っかけんだったらアブラっぽい5が出ちゃうから、どうしよっかなー、とか一瞬は思うんだけど、アレ、でもこれリーチかけてツモりゃ六〇〇〇オールじゃんよ、なんてつい思っちゃって、そんで追っかけると絶対に刺さる、という。しかも刺さるときは判で捺したように必ず相手の高目」

「なぜそんなに正確に判るんですかああっ」

同じ病気だからだよ！

感染を怖れたか、寅吉は唐突に席を立った。小田原ユキと私は「せめてメシを！メシをおごってください！」と叫びながら寅吉のあとを追ったが、逃げる寅吉の背中は五十代に手が届こうという男とは思えないほどの素早さで遠ざかっていった。

西原初段の「麻雀の極意」

西原理恵子

んぷーっ（鼻息）。まあ、むかしは私の麻雀も、漫画同様、ヘタだ、ど素人だ、と、さんざ言われたもんですよ。

ところが今や、んぷーっ、日本プロ麻雀同盟公認——

初段！

の腕前ときたもんだ。（ウソじゃないって）

かの灘麻太郎《なだあさたろう》先生をして、

「コワイ麻雀」

と言わしめた私の麻雀の極意を、今回は特別に披露いたしましょう。

名付けて「必殺！　サルになりきる麻雀」、略して「サル麻《マー》」。心して読め！

〈ひとーつ。考えるな〉

初心者の方は、捨て牌に迷うものです。私もかつてはそうでした。でも、ある日、悟ったのです。

「これまでの人生で、考えてトクしたことがあっただろうか――ない！」

そう、その開き直りが「サル麻《マー》」の奥義へと通じる第1歩なのです。考えるな。はい、みなさんもご一緒に――

「考えるな」

すると、おのずから真理が開けます。すなわち「要らない牌が捨て牌なり」。それが2枚以上ある場合は、右から順に切る！　考えるな！

〈ふたーつ。怖がるな〉

そうこうするうちに、あなたは、実にしょーもない手をテンパってしまいます。

敵は、必ず、あなたより高い手をテンパっています。

さて、どうするか。

降りる。手づくり。回し打ち。そのような概念は、考えない「サル麻《マー》」には存在しません。当然、怖がってはいけないのです。

正解は「全部、つっぱる」。これを、サル麻《マー》用語で「全《ぜん》つっぱー」と言います。はい、ご一緒に――

「全つっぱー」

もっとバカっぽく！

「じぇんつっぷあ〜」

ほら、これでもうあなたに怖いものはありません。当たったらどうすんだ？　めったに当たらない。信じなさい。

〈みーっつ。数えるな〉

人間さまの麻雀には「点数計算」があります。計算……サルにはできません。だってできないんだもーん。大丈夫、そんなもん知らないほうが、楽しく打てますよ。

「2600《にんろく》？　ウキー？（何それ？）」

「5200《ごんに》？　ウキキー（聞いたことない）」

こうして私の麻雀は、前人未到の底なしの混沌へと敵を導くのです。

〈よーっつ。支払うな〉

ギャンブルをやる人は、すべからく「1000円負けるのも10万円負けるのも一緒」という人生観をもつべきです。でも100円でもとられるのはイヤ——それが人情です。

サル麻《マー》でも、精算のときに限り、人間さまの理性を取り戻すことが許されています。

「えー!? 麻雀におカネ賭けてもいいんですかあ。信じらんなーい」

で——逃げろ!

もしあのとき

宇野千代

私が麻雀を覚えたのは、それほど早い頃ではない。昭和の七、八年の頃で、いまから凡そ四十五、六年前である。その頃、私は尾崎士郎と一緒に、大森の馬込村に住んでいた。或るとき、つい近所に、広津和郎さんが越して来るようになったのであるが、いまになって思うと、この大先輩の気易い受入れ方に、私たちは忽ち馴れ、毎日のように遊びに行ったものである。

広津さんの家には、いつでも、私たちと同じように、気易く出這入りしている後輩たちが、おおぜい集っていた。それらの人たちの間で、麻雀をしているものが多かった。生れて始めてこの遊びを見た私は、忽ち夢中になった。このとき、私に手ほどきをしてくれたのは、広津さん自身であった。性来の親切心で、手ほどきをしてくれたに過ぎなかったのに、しかし、このことは、私にとって、私の運命を支配するような大事件であった。こんなに面白いことがあるか、と思った私は、夕方になっても家へ帰らなかった。そして、あんなに大好きであった尾崎士郎のために、夕飯を作らなければならぬ、と言うことも忘れた。尾崎は何を食べたか。たぶん、昼飯の残りを食べて済ませたか、どこかへ飯を食べに外出したかに違いないのに、そのことに気をとられるよりも、麻雀の席から立つことが出来なかった。毎日、同じようなことが続いた。私には、これは単なる遊びごとである、と言う弁えもなかったのかと思う。尾崎がこのことで、私に文句を言ったと言う記憶はない。尾崎は私と違って、勝負事が好きではなかった。私は好きであった。私が好きなことに夢中になり、尾崎が好きでないことに夢中にならない、単にそう言うことと思って、少しも気にとめなかった私のことは、一体、何と思ったら好いのだろう。

尾崎と私が別れるようになったのは、麻雀が原因ではない。いや、ほんの少しは原因であったかも知れない。正確に言うと、自分のしたいことに夢中になって、そのために、迷惑する人があろうとは思いもつかない、私の性格が原因であった。尾崎と別れるとき、あんなに泣いたのに、しかし、それでも麻雀は止めなかった。

間もなく私は東郷青児と一緒になったのであるが、運の好いことに、東郷は尾崎と違って、麻雀が好きであった。また都合の好いことに、隣家に麻雀好きの夫婦が住んでいたので、暇さえあると、一組になって卓を囲んだ。夜中になって、ふいに麻雀、と言うことになると、この隣家の寝室の窓をノックして、「ねえ、青ちゃん、ちょっと起きてよ。」と言って呼んだりした。青木さん、とは呼ばないで、青ちゃんなどと呼んだりしていたのであったが、夜中に呼びに行ったりしても、喜んで飛び起きてくれた。

しかし、或るとき、とんでもないことが起ったのであった。玄関の呼び鈴がふいに鳴って、三、四人の男が土足で上って来た。「東郷さん、宇野さん、ちょっと警視庁まで来て下さい。」と言うのであった。年輩の人なら、記憶している人があるかも知れない。昭和十年頃、或る朝新聞に、文士の大賭博と言う見出しで、でかでかに報道されたことがあるが、菊池寛、久米正雄その他、おおぜいの文士たちが、麻雀賭博で挙げられたことがあった。私も東郷も、そのあおりを食って槍玉に上ったのであった。東郷のアトリエは玄関のすぐ脇にあった。「私が東郷です。宇野は病気で寝ていますが、」と言って、東郷は自分だけ刑事に連れられて行った。私は寝ていたのではなく、ちょうど私の書斎が寝室の奥にあって、彼等の眼につかなかったので、私をかばって、東郷は嘘をついてくれたのであった。

東郷はそのとき、二、三日警視庁にとめられたように思う。恐しさに慄え上った私は、しかし、その後、ぷっつりと麻雀を止めたであろうか。そのことについては、はっきりした記憶はないが、たぶん、ほとぼりが覚めると同時に、また始めたものと見える。こんなに恐しい目に会っても止められなかったとは、呆れたものである。

東郷と別れたあと、私は北原武夫と一緒になったのであったが、やっぱり三日にあげず、麻雀を続けていた。しかし、この遊戯をあまり好きではなかった北原とは、自然に、別々のことをして過ごすようになった。私には、世の中に、麻雀をあんまり好きではない、と言う人のいることが、どうしても理解出来ない。いまでも私は、書き物は昼間、明るい中にする習慣であるが、一時は夕方になると、毎晩のように麻雀をしたものである。あれは、うちでやっていた「スタイル」と言う雑誌が発行不能になって、会社が倒産したときのことである。借金取りに追いまくられて、東京中を逃げ廻ったことがあったが、そのとき、名もない裏町の小さな宿屋から宿屋へ泊り歩いていると、隣りの部屋で、麻雀をしている音がしている。私はしゅんとした気持になって、「ああ、私は、あの麻雀がいまは出来ない。」と溜息を吐いたものである。あんな辛い気持になったことは、めったにない。

あのときから、もう二十年になる。いまでは私も、満八十歳になった。体力がないので、毎夜のように麻雀をやることはないが、それでも、一週間に二回はやる。ときには、夜が明けることもある。

「どうして、そんなに面白いのですか」とよく人が訊くが、私は八十歳になっても、この麻雀があれば、人生そのものが、まだあるような気がするのである。全く麻雀は面白い。どんなにあせっても、思いのままにならないかと思うと、どんな厄介な手でも、するすると出来上る。まるで空の上から神さまが見ていて、残酷になったり、依怙《えこ》贔屓《ひいき》をしたりしているのではないかと思われる。全く退屈を知らない。

私の父は一生の間、正業を持たないで、博打ばかり打って暮した。小さい子供の頃、よく母と一緒に警察の留置場に入れられている父のところへ、弁当を届けに行ったものであるが、そのときには分らなかった父の気持も、多少は分るような気がする。この父に比べると、昼間だけでも、書き物をしている私の方が、いくらか正気であるかも知れない。

それにしても、あの四十五、六年前、広津さんが私に麻雀を手ほどきしてくれなかったら、私はもっと仕事をしていただろうか。しかし、私は、もしあのとき、麻雀を教わらなかったら、などとは決して思わない。却って、こんなに面白い、人生的な遊びを知らない人のことを、可哀そうだと思っているのだから、呆れる。

麻雀インチキ物語

海野十三

インチキとは、不正手段《ふせいしゅだん》である。だから君子《くんし》のなすべきものではない。

近来、日本のゲーム界に君臨《くんりん》している麻雀《マージャン》にも、いろいろとインチキが可能《ポッシブル》である。日本麻雀聯盟でも、無論、インチキを排斥《はいせき》している。インチキをやっているところを見付かった連中で、麻雀段位を褫奪《ちだつ》され、揚句《あげく》の果《はて》、聯盟から除名されたような結果（というと、妙な言いまわしかただが、僕はいまだかつて、「何某、右の者インチキ現行を取押《とりおさ》えたるに付、会則第何条により除名す」という掲示を見たことがないからである）になった人も、けっして尠《すく》なくはないのである。

インチキは排すべく、厳重に取締るべきである。ことに、一緒に卓《たく》を囲んで闘った面子《メンツ》の一人が、自分の二千符《ぷ》をほとんどみんな攫《さら》ってゆき、その面子一人が断然一人勝ちでプラス四千点にもなったというが、麻雀大会閉会後、「あいつは、インチキの名人なんだ」と誰かに聞かされたときは、全く口惜《くや》しくって泪《なみだ》が出る。その男の首を捩《ね》じ切って、会場の正面へ曝《さら》したいくらいに思う。インチキ発見のときは厳罰に処すべきである。

だが諸君、ここに一つの問題があると思うのは、誰かのインチキに、まんまと引懸《ひっかか》ったのが自分ではなく、他人の友人か誰かであったとしよう。そのときにも、自分が引懸ったと同じ程度に相手の不正を攻撃するかというのに、どうも左様《そう》ではなくむしろインチキにかかった其の友人の間抜け加減《かげん》を嗤《わら》いたくなり、インチキを用いた悪人に、一寸《ちょっと》した尊敬にも似た感情を生ずるのである、そりゃ無論、一時的の話ではあるけれど……。そうしてみると、麻雀のインチキも、一寸ユーモアがあるような気もする。

僕は麻雀のインチキについて、大分研究した。それはインチキを自ら用いて、大会一等賞の洋銀《ようぎん》カップをせしめようという目的では勿論ない。度々《たびたび》インチキにひっかかったことを後から知って口惜しさにたえず、もうこれからは引懸るものかと、研究してみたのである。現在ではまずインチキに引懸けられていない心算《つもり》だが、なにしろこれは自覚症《じかくしょう》とは反対のものなのだから絶対に引懸けられていないと強く言い放つことはできない。

　さてこれから、インチキ曝露《ばくろ》だか、インチキ伝授《でんじゅ》だかを始めるわけだが、僕の相手になるインチキストは、わりあいにタチのよい人間、つまり生れながらの悪人ではないせいかその用いるところも、初等インチキに属するものばかりのようである。高等インチキの方は僕に探偵力がないせいでもあろう、その方の講義は、他に適当なる麻雀闘士があろうと思う。

　初等インチキというのを見廻《みまわ》すと、中村徳三郎氏の「麻雀防弊《ぼうへい》」に於て示されたような外国で行われる深刻極《しんこくきわ》まりなきインチキに比較して、いかにもアッサリした、コソ泥的《どろてき》とも言え、また日本的（？）とも言えるものばかりである。実例について申し述べてみよう。

　まず最も多いインチキは、何といっても、故意《こい》にまちがった牌《パイ》を持ちながら和《あが》ってしまうことである。その和りは、極めて得点がすくないのを通例とし、多くは二十二《アルシーアル》、又は二十四《アルシースー》である。こいつをやるのは西風戦《シーフオンせん》、北風戦《ペーフオンせん》といったように、四人の面子《メンツ》がお互に、「ここで大きいものを作って他家《たけ》よりリードしよう」と意気込んでいるときである。他家が三飜《サンフアン》ものを三副露《サンフーロ》して或る種の牌が包《バオ》となっているために場が緊張しているとか、又は自分でも一生懸命大きい役をガメクッているとか、兎《と》に角《かく》三百符《ぶ》乃至《ないし》満貫《マンガン》近いものが出来ようとしている場合に、一人の面子が「ハイッ和り、二十二」と和っちまう。この場合、他の連中は緊張の途中、思いもうけぬ方角からザブリと水を浴せかけられたようなもので、呆然《ぼんやり》してしまう。そして二十二で和った人の牌を検《しら》べもせず、二本棒を呉《く》れちまう。「大きく和られないでヤレヤレ」と喜んでいる人もあるという始末。いずくんぞ知らん、和りを宣言した人は牌が間違っているのだ。

これが発見されると和錯《ホーツオー》だから罰金として一千符とられるのだが、誰も見る人がないのだから、愉快である。中には牌を順序よく理牌《リーパイ》して置かないで、ごまかす人もある。又、和りと言って、直ぐ場の捨牌《すてパイ》の中へ交《ま》ぜてしまって証拠湮滅《しょうこいんめつ》をはかる人もある。又中には刻子《コーツ》とか槓子《カンツ》とかはそのままに自分の前に置き、他の順子《ジュンツ》や麻雀頭《マージャントウ》は（その中に錯《まちが》ったものがある場合のはなし）早速《さっそく》一寸皆にみせたまま、直ちにつまんで捨て牌の中へ交ぜてしまうという手もある。だから、このインチキを防ぐためには、どんなに小さくてもその人の牌につき一応調査をすることを怠《おこた》ってはいけない。理牌のしていない人の牌は一見判別がつき難いから、そのときは、他人の牌に手をかけてもよいから、本当の和りだかどうだかを、確めるべきであると思う。

次にしばしば用いられるインチキは、順子の牌をごまかすことである。これには色々な場合があるが、一番簡単なものでは「吃《チー》」と懸け声をして置いて、不用の牌を一枚すてる。そして上家《シャンチャ》の捨て牌をとって来て自分の牌《パイ》二枚と共に曝すわけだが、このとき上家《シャンチャ》の捨て牌をとらずして、既に河《ホウ》に前から捨てられてある牌をとって順子《ジュンツ》をつくる。たとえば二四索《アルスーソオ》を持っているとき上家が四索を捨てる。これでは吃《チー》としてとりようが無いが河には先に三索《サンソオ》が捨てられてある。すると、その三索を持って来て、二三四索の順子として曝す。上家をはじめ他の人達がよく注意して居れば勿論こんな馬鹿馬鹿しい胡魔化《ごまか》しにはかからないが、すこし戦《たたかい》が酣《たけなわ》になって来ると、よくこれが行われる。

又、も一つの方法は自分が六七八万《リューチーパーワン》の順子を曝して居るとすると、手の中の牌にも万子《ワンツ》があってどうしても八万が一枚入用なのだが、その八万は中々やってこない。この場合、別に離れて五万《ウーワン》が手牌《てパイ》中にあったとすると、コッソリ曝してある八万を手牌へさらい込み、その代りに五万を加えて六七八を五六七の順子に変えてすまして居る。そのために早く聴牌《テンパイ》ができて和《あが》ってしまう。大きな役のときや清一色《チンイーソ》はこれを用いると大成功を納める。これを行うときは、他家が積んである牌を自摸《ツモ》するときから同人が一枚捨てる迄の、時間で言えば一秒ほどの間を覗《ねら》ってやると、皆が自摸する人の方へ注意を奪われているので難なくごまかせる。

今一つ、度々やられるのは、白中発《パイチユーファ》の三元牌《さんげんパイ》とか荘風《チヨワンフオン》、門風《メンフオン》、連風《レンフオン》の牌とかの二枚、若《も》しくは四枚位を自分の持牌《もちパイ》中に加えることである。こいつは、たちまちその人に何飜《なんファン》かをつけることとなって、結果は非常に大きい。大会でこっぴどくやられるのは、大抵《たいてい》この種のインチキである。この方法にはいろいろとある。

最も普通の方法は、戦をはじめるに際し、自分の前に二重に積んだ牌を十七幢列《トンなら》べるわけだが、その際、重要なる牌二個を手の中とか袖《そで》の中とか、又は膝の下へ隠してしまって自分だけは一幢すくなく、つまり十六幢ならべる。そして、戦い酣なるとき、隠して置いたものを、人に気づかれないように、とり出しては、手牌の不用なものと取り換える。これは清一色めいたものにも利用が出来るし、それにまた普通十三枚の配り牌に対し、自分だけは十五枚も持っているのだから、手をかえ、聴牌に導《みちび》くのは、極めて容易である。今から一年ほど前に常勝軍《じょうしょうぐん》としてその名声高かりし某高段者の如きは、常にこの手を用いて常勝をつづけたもので、彼氏がそのインチキを発見せられたときは、非常な運のわるいときであり、大変焦《あせ》り気味《ぎみ》となって、前後を弁《わきま》えず連続的にこいつを用いているのを、発見せられたものだと言うことだ。

他の方法としては、自分の前に並べる十七幢の何《いず》れかの一方の端《はじ》の二枚か、又は両端の四枚をかねて、目をつけて置いた飜牌《ファンパイ》などにして置き、これを持牌とうまく掏《す》りかえる。それには自分の前の十七幢《トン》を、皆がとりやすいように斜めにしてすこし前へ出してやるとみせかけ、例えば右手の中に、不用の持牌二個を隠し持ち、前へ押すときにそれを十七幢の右端へ加え、前へ押して手を引くとき、左手の中に左端の二枚を隠し取って手牌の中に入れてしまう。これは手際《てぎわ》のよいもので、よほど注意をしていないとごまかされる。

もう一つは自分が荘《チヨワンチヤ》家になったときに、骰子《シヤイツ》の目をごまかして、自分の前の十七幢の比較的左端にある二枚又は四枚にかくしてある飜牌《フアンパイ》をとることである。つまり、はじめ一寸骰子を振り、人がよく見ないうちに「五だ。もう一度」と言ってすばやく骰子をとりあげて振り「十三！」とか言って兼《かね》て隠して置いた牌のところを取り込むのである。勿論本当の骰子の目は五でもなく、二度の合計が十三でもない。それを勝手にそうだと読みとってしまうので、皆が呆然《ぼんやり》しているときにはうまくかかってしまう。

其他にも方法があるが、あまり行われないものだから省略する。これ等《ら》のインチキから脱《のが》れるためには、第一に自分以外の三人が、果して十七幢ずつ並べているかどうかをひと目で知る練習と注意とが肝要《かんよう》で、第二には、相手の手の運動状態と、手牌の様子とをよく睨《にら》んでいることである。

それから小さいインチキでは、サイドの計算のときに、飜牌の暗刻《アンコー》があるとて大分とられるが、そのとき、本当は暗刻ではなく、二枚しかその飜牌はなく、裏がえしの牌は、他のデモ牌であったりする。暗刻のあやしいのは、ひっくりかえしてみてやるに限る。

嶺上牌《リンシャンパイ》を一寸みたり、上家《シャンチャ》がすてない先の場牌《ばパイ》を摸《モ》して、自分がとらないときには、例えばその七筒《チートン》が誰のところへ入ったなどを覚える。又、牌を積むときに、あらかじめ飜牌の場所を覚えて置き、それが近くなると、たとえ無理な吃《チー》や碰《ポン》をしてまでも、その飜牌を手に入れるのも一つのインチキというべきであろう。東《トン》の東《トン》三枚がこの辺に入っている。白板《パイパン》三枚はこの辺にあるなどと、覚えられるように積むのも、これまたインチキである。上手な人は掌《てのひら》の中に一枚不用な牌をひそませて置き、河《ホウ》の方へ手を出すときに、それを捨て、河の中に捨てられてある牌とか、まだ積まれてある牌とかを盗んでくるという器用な真似をする人もあるそうだが、それには中々練習が入るらしい。

一つの卓に、敵二人、味方二人が居るときに、味方二人の間に行われるサインもインチキというべきであろう。頭を搔《か》くと、白板があるという信号だったり、鼻の頭をこすると連風牌《レンフォンパイ》があるということだったりする簡単な信号から、もっと秩序だったものでは、持牌十三枚の間、適当なところをすこしすかしてみたり、又一枚ぐらい列から前へ出したり、後へ下げたりして、入用な牌を相手に求める方法もある。

籌馬《チューマ》をごまかすのもインチキであろう。人の銭函《ぜにばこ》へ手を入れたり自分のうちから予《あらかじ》め五百符《ぷ》をもって行ったりすることから、勘定のときに誰かがすくなく言ったようだったら自分の分は勘定しないで、それだけ多く記入するなどというのもある。

詳《くわ》しく書けばきりがないが、自分の牌を見ている時間は十の中《うち》、一か二でよい。他の八か九は、必ず、他の三人の挙動に対し用いられていねばならない。

わかっちゃいるけどやめられない

山田風太郎

悪魔の脳髄。

まるで一昔前の探偵小説の題名みたいだが、現実に存在するものですなあ。物語の中ではなく、実際に僕たちが体験して戦慄しているものがこの世に三つある。

その一つがマージャンである。

いまでも、マージャンをやると必ず徹夜になる。このごろは一晩徹夜すると一週間くらい疲れが抜けないが、以前は三晩ぐらいやったこともある。むろん四人だけでぶッ通しにではなく、控えに代打者はいるのだが、それでも三日目になると、全員、人間の顔色ではなくなる。

そんな或る朝、うつろな眼でおたがいの顔を見ているうち、翻然と悟りをひらいた。

「どうもこれはいかん。もっと君子の遊びをやろうではないか」

そして、思案ののち、提案した。

「どうだ、これからマージャンをやめて、釣りでもやらないかね？」

思いは同じとみえて、みんな賛成した。

さて釣りの道具にユニフォームを揃え、天気晴朗の一日、千葉の某海岸に堂々と繰り出した。船宿に泊る。その夕方から雨がふり出し、あくる朝になってもふりつづいた。

やむなく、マージャンをやって、雨の止むのを待った。雨は止まない。

涙をのんでむなしく東京にひきあげた。

ウサばらしに、つい新宿のマージャン屋に入った。カンバンになって追い出された。大いに物足りない。で、みなをうちへ引っ張って来て、徹夜でザラザラ、チイ、ポン、カーン！　それっきりです、釣りは。

買った道具は物置に放りこまれたまま、爾来、依然として、チイ、ポン、カーンの声がわが家には流れている。戦慄すべきはこの魔力である。

世に娯楽快楽は浜の真砂ほどあるが、その中で「わかっちゃいるけどやめられない」というべきものがある。これはむろん「悪いこととは知ってはいるが」という意味で、いわゆる「飲む、打つ、買う」の三道楽がその代表である。

釣りなどは、まさに君子の遊びである。そして一見マージャンとかたちだけは相似した碁や将棋にも、マージャンのような罪悪感は伴わないのではないか。右にあげた三道楽の中の「打つ」はもちろん賭博のことで、当然金がからんでくる。金がからまなければ賭博とはいえず、気のぬけたビール同然のものとなる。マージャンにもその分子がないとはいわないが、しかしたとえ賭けなくても、マージャンは本質的に賭けごとの持つ罪悪感を秘めていやしないか。

そしてマージャンをやった人ならだれでも御同感であろうが、こんな遊戯のからくりを考えた人間の脳髄はどんな具合になっているのかと、舌をまかない人はないだろう。マージャンそのものの魔力もさることながら、こんなものを考案した頭脳はさらに戦慄的で、「悪魔の脳髄」とはまさにこのことだ。

これを中国人が生み出したのである。中共が原爆や水爆を打ちあげて、全世界いまさらのように狼狽しているが、マージャンを独創した民族だもの、原爆水爆など何かあらんとさえ思う。

とはいえ、核分裂を開発したユダヤ人の頭脳も、むろん恐るべきものだ。その洗礼を浴びせられた日本人として、これにも「悪魔の脳髄」という尊称をささげなければならない。マージャンと核分裂、これぞ人類始まって以来の悪魔的脳髄のベスト・ツーである。

そして、どうしてもベスト・スリーをあげろといわれるなら、それは――日本の税官吏のつきつける納税申告書の計算法である。ひょっとしたら、これこそ悪魔の脳髄のベスト・ワンかも知れない。

日本人は自信を失うにはあたらない。

色川武大さんのこと

阿刀田高

「麻雀《マージャン》の必勝法を教えてください」

講演会のあとなどに「どんな質問でもどうぞ」と言うと、こんな質問をあびせられ、私は何度か狼狽《ろうばい》したことがある。

私も麻雀はやる。きらいではないし、エッセイに書いたこともある。ショートショートなら麻雀をテーマにした作品を二、三篇書いているだろう。だが、腕前のほうは、そこそこ。他人に必勝法を教えるような立場ではない。

——阿佐田さんとまちがえられたな——

と、わかった。

わざわざ説明する必要もあるまいが、過日急逝した色川武大さんは、ペンネームを阿佐田哲也と言い、これは主として麻雀小説を書くときの名前。一時はプロの麻雀打ちとしてその名を鳴らした人である。阿佐田哲也ならこのゲームの必勝法を語るにふさわしい。

小説家の名前なんて、世間の人はそうそうキチンと覚えているわけではない。阿佐田と阿刀田と、まちがえても少しも不思議はない。

「あなた、このあいだ、死んだんじゃなかったんですか」

ことの性質上、まだこれは言われていないけれど、そう思った人はきっといるだろう。作品も風貌《ふうぼう》も大分ちがうと思うけれど……。

色川さんに初めてお会いしたのは銀座の酒場だったろう。〝まり花〟といって、十人も入れば満員になる店である。色川さんは常連だったし、私も時折顔を出す。

なにを話したか……覚えていない。

軽い挨拶《あいさつ》程度のものだったろう。

色川さんはシャイな人である。こちらが飛び込んで行くぶんには懐も広いし、とてもやさしい人だが、人はそうそう簡単に親しくなれるものではない。私にもシャイなところがある。

それに……私は酒場の友情をあまり信じていない。酒場は、もともと愉快になるために行く場所である。だれだって不愉快にはなりたくない。多少気に入らない相手でも、話くらいはあわせるものだ。酔った勢いで仲よくなってみたところで、たかがしれている。あまり深入りをしてはいけない。色川さんに対しても遠慮がなくもなかった。

多少なりとも懇意の間柄になったのは〝小説現代〟新人賞の選考委員になってから。つまり、昭和六十年から色川さんのほかに津本陽さん、西村京太郎さん、そして私がこの賞の選考委員となり、年に二回の選考会のほかに授賞式でも顔をあわせる。選考会では、その都度、真剣な論議を重ねた。

色川さんと私とは小説の評価の物さしが似ていた。いや、正確に言えば、最後の二作に絞るあたりまではよく似ているのだが、そこから先、色川さんは穴狙《ねら》いの傾向を帯びる。私は本命のほうへ傾く。

「このほうが文章もいいし、まとまってるじゃないですか」

「ウーン。しかし、こっちのほうがこの先、化けるような気がする」

一定の水準を越えていれば、色川さんはきまって斬新《ざんしん》なもの、わけがわからないけれどなにかありそうなもの、下手をすればキッチュになりかねないものを選ぶ。眼のつけどころがいかにも色川さんらしい。

新人発見のためには、おそらく色川さんの眼が正しいのだろう。示唆されることも多かったし、この選考会を通して色川さんの人柄をよく知ることができた。色川さんの気配りは本物である。大きな肩を小さくすぼめて、そんな気配りがけどられるのを少し恥ずかしがっているみたいだった。

ある雑誌の主催で、ギャンブルについて対談をやったこともある。

この人選はわるくない。

色川さんがギャンブルについて語るのは、当然至極。これ以上の人選はない。私はと言えば、室内ゲームはほとんどみんなできるし大好きである。ただ賭《か》けることにはそれほど興味がない。ゲームに含まれている論理や哲学や遊戯性がとても好きなのである。

つまり、この対談は、ギャンブルが大好きな色川さんと、ギャンブルは下手くそだがゲームの理屈には通じている私との組合わせであった。

そして、おもしろいことに、話は大筋においてよくあった。

色川さんの信条は九勝六敗の思想である。十五勝だの、十四勝一敗だのを狙っているうちはプロにはなれない。勢いに乗ったとき全部勝とうとするのは、当然の欲望であり、それを抜きにしてどこに勝負事の楽しさがあるのか、と、そんな気もするけれど、そこが素人のあさはか。犠牲も大きいし、思いがけない落とし穴もある。全勝狙いは全敗の道に通じかねない。

「ギャンブルなんて、楽しんだらお金を払わなくちゃいけない。お金を残して帰ろうと思ったら、楽しみのほうは我慢しなくちゃいけないんですよ」

そんな言葉が印象的だった。

シャンポンで待てばオール・グリーンの役萬貫、リャンメンで待てば、ただの緑発入りの混一色。

それでも色川さんは、

「原則としては、リャンメンのほうを選びますね」

なのである。

オール・グリーンなんて一生に一回できるかどうか……。せっかくめぐって来たチャンスなのに、実現の可能性が少なければ、よりよくあがれそうなほうを選ぶ。まことに勝つためには楽しむことをあきらめなければいけない。

この対談は文春文庫の〝ビッグトーク〟の中に収められているが、私自身、読み返すたびにあらたに発見するものがある。このテーマでもう一度色川さんとお話がしたかった。

色川さんと何度か麻雀を打ったこともある。そう多くはない。文壇の親睦会《しんぼくかい》のような席だった。色川さんは本気ではなかっただろう。実力に横綱と十両くらいの差がある。

色川さんがリーチをかけた。

――まさか色川さんほどの人がソバテンはやるまい――

と思って、牌《パイ》を振ったらドカーンと命中。

色川さんの解説は、

「勝つためにはなんでもやらなくちゃ駄目ですよ。セコイ勝ちはカッコ悪いとか、やらないことがあったら負け。あれはやらないだろうと思わせると、それだけ相手に楽をさせますからね」

非常に親しい人ではなかったが、今はひどくなつかしい。

雪の夜話

畑正憲

最近のわが家では夕食後、月のうち二十五日はパイをかき混ぜる音がしている。どんなに忙しい時でも、一荘だけは卓の前に坐る。面子はビギナーを入れて九人。二卓並べることもあれば、五人打ちや六人打ちをするのも普通だ。一応金品を賭けてはいるが、それは名ばかりで、一年間で半荘を三百回ばかり戦って、ムツゴロウ小国の名人位を決めるのがねらいである。冬の間はたいてい、私が独走しているが、馬の出産を待ったり、鹿の出産を待ったりして徹夜を重ねる春が問題である。スタミナが切れたものが負け始める。

例年、春には動物のお産が続き、お産はたいてい深夜か明け方になるので、動物舎に泊まりこまねばならない。以前は、寝袋に入って本を読んでいたのだが、今は、産室をつくったので、

「それ、ハネ満！」

などと愉しみながら監視出来るわけだ。でも徹夜は欠かせないので、動物の助産夫は結構重労働である。

これまで私は、賭けない麻雀をほとんど打ったことがなかったし、軽蔑してもいた。だが、家族が九人で組織的にやり始めてみると、これはこれで結構面白い。セチ辛い麻雀では出来ないガメリをやってみたり、振りこませるように細工してみたり、麻雀というものを考え直す一助になっている。

でも一つだけ、自分に言い聞かせておかねばならないことがある。

「乱暴なパイを切ってはならない。当たりだと確信したら、策戦上の放銃である以外は、絶対に河には捨てない」

という原則である。人の手を読まぬツキ麻雀をやっていると、三日で飽きがくるからだ。乱暴をせずに、冒険の範囲である限り、賭けずとも麻雀が面白いことを知った次第。

隣町の根室市は、地図で見ると、まさにサイハテの町だ。国境に突き出すノサップ岬に位置している。

しかし、人口は約五万、北海道の中では札幌と同じくらいに歴史が古い町であり、各種の文化団体が多い。

と同様に、麻雀が盛んでもある。かつては市で麻雀大会を催していたが、公民館に入り切れぬようになり、現在では中止しているほどだ。市民が普通に愉しむレートたるや、千点が五円だという。東京での、学生麻雀の十分の一だ。それを聞いた時、何とまあ阿呆な、と思ったけれど、三十万円の指しウマをするホステスよりも、ずっと高貴な麻雀かも知れない。

二卓囲んだ戦いが終わると、私たちは紅茶をいれて自家製のケーキを食べる。四人のビギナーをまじえて、麻雀談義に花が咲くのはこんな時だ。

「ムツさん」

と、一人が訊く。

「ムツさんはいろんな人と打ってるけど、うまい人って、どこがうまいのですか」

「負けない人だね」

「それはわかりますけど、たとえば初対面だと、上手下手をどこで見破ります？」

「麻雀にはツキという不思議な要素があるから、後ろで拝見しないと名人だかどうかはわからないけれど、達人であるかどうかは、打つ態度で見分けがつくね」

「名人と達人と違うのですか」

「余分な動作がないのが達人さ。君たちのを見ているとね。右手で、端のパイをかちゃかちゃさせるし、一旦切りかけたパイを元に戻して、次を持ち上げかけてやめ、今度は別のパイをエイッなどと声をかけて切ったりするね、これが余分な動作だよ。リーチ、と言っておきながら、すぐさま、解消、などと取り消すのもいけないね。それからツモったパイを中に入れ、いろいろ入れ換えてから切るのもいけないよ。端のパイを二枚ほど倒し、それをまた開けて、切るパイを選んだりするのも余計だね。雑談は一向に構わないし、楽しいものだが、自分の手に関係する会話は避けたいものだ。たとえば、ツイていない、バラバラだとか……。それが正直なものであればあるほど、他の人がマークしなくなるからね」

「ポーカー・フェイスがいいわけですか」

「そうだよ。勝負事で最も心すべきことは、他人に迷惑をかけぬようリズミカルに進行することと、勝負の内容を表わす行動を慎むことだろうね、この前、小島名人と打った時、どうにも処置のしようがない悪い手がきた。そこで、万子の清一色に見せかける切り方をしていった。中盤から終盤に入るところで、ここらで一丁と、ちょっと間を置いて、万子を一枚だけ切り出した。すると、それを見た名人がニヤリと笑い、押えていた万子を奔流のごとく切り、高い手を和了してしまった。私が間を置いたので、芝居だと見破ったわけだ。恥ずかしい思いをしたさ」

「なるほどねえ」

「以上は氷山の一角さ。よく見てごらん、自慢たらたらの大天狗が、余分な動作をしこたまやっているから。そうだね、ぼくが打った相手では、一度しかやらなかったけれど、画家の秋野卓美さんは、実に簡素な、きれいなリズムと姿だったなあ」

そう言う私自身が、ときどき地金を丸出しにして、達人にほど遠い麻雀を打っている。この前などは、清老頭四暗刻の和了を逃して、卓に突伏したまま、

「神様はいないのかよう」

とわめいたのだからひどいものだ。

「究極においては」

と、私は紅茶をすすり、煙草をふかし、

「麻雀は科学的な存在だと思うよ。科学そのものだなあと感ずることもある」

「確率ですか」

「ああ。確率。順列や組み合わせ。未来学や気合学。福地泡介流の念力学。ま、もろ

もろの科学が出揃ったら、運などという不可思議なものまで解明されていくだろう」

「運がですか」

「ウン」

「ふ。下手な駄洒落。でも麻雀が科学だったら、ウンと勉強して強くなりたい」

「誰でもさ、麻雀を始めてまず考えるのが、確率だろうね。確率の考え方は、科学者が想像している以上に一般に普及しているみたいだよ。でさ、たとえば、一・四・七の三面待ちで絶対のリーチをかけたのに、無理して突っ張ってきた追いかけリーチに負けてしまう。その、一発でツモった後リーチが、すでに三枚河に出ている辺チャンだったとしたら、ツイてないなあ、麻雀てのは確率じゃねえなあとぼやくようになる。すると、和了した人は、確率じゃ勝負しねえよ、上がりパイは一枚あれば十分だ、と笑う」

「うちで毎晩起こっていることだわ」

「だよね。果たして確率が無意味だかどうだか、その点には疑問が残る」

「と言いますと?」

「科学だから、いずれは確率について考えなければならないということだよ。いいかな、麻雀の指導書や麻雀の解説記事には、しばしば確率という文字が現われる。確率という科学的論理にすがって、何とか麻雀を理解しようとしているみたいだ」

「あら、ではムツさん、確率ってないのかしら。辺チャンより、多面待ちの方が、和了する確率高いみたいですけど。わたし、親だとして、多面待ちになるとホッとするわ」

「そして、辺チャンに負けてガッカリするんだろう」

「そういうこともありますけど、しかし」

「いいかな。確率というものを考えるには、母集団というものを考えねばならない。つまりだよ、伏せられた麻雀のパイすべて」

「サイコロなら目の数」

「そうだ。で、確率を考えるのにとって最も重要なことは、母集団のおのおのがデタラメに並らべられていることだよ」

「伏せてかき混ぜることですわね」

「うむ。サイコロなら、転がした場合、同じ確からしさで目が出なければならない。ということは、材質が均等で、正確な四面体でなければならないし、振り方だって、ある適当な高さから、細工なしで振られねばならぬ。つまり、こういったデタラメな配列が考え方の基礎にあるのだが、麻雀ではどうだろうかね」

家族の前で、幾つかの実験を始めた。

「これは、おれの発明したゲームだがね」

と、私は居間の中央で話し始めた。

わが家の居間は、はじめリビング・キッチンと応接間とにわけて設計されていたものを、建ててからぶち抜いたものだが、その中央に雀卓が常備され、何となく全員が集まってくるたまりでもある。

「麻雀のパイは、普通、このように四つの箱に入れられているよね。これを利用するのだけど、まず、すべてのパイを卓の上にぶちまけて裏返しにし、よくかき混ぜる。これで無作為母集団、つまりデタラメな状態になったと考える。で、王パイの十四枚を除いて、裏にしたまま、四つの箱に戻す。そうだ。この状態でゲーム開始というわけだ」

「へえ。面白そうだけど、これからどうやるの？」

「麻雀はさ、四人でやるゲームだから、人数を揃えるまでが大変だ。約束の場所へ先について、なかなか現われない仲間を待ってイライラしたりしてね。そんな時、このゲームをやって貰いたいのだが、たとえば二人いたとしたら、箱を二つずつ持つ。用意の合図で、箱の一つを裏返し、スタートで箱だけ持ち上げ、表になった四分の一の数のパイで、和了の形をつくっていく。つまり、はやく、高い手をつくった方が勝というゲームなんだ。出来た、と、上がりを宣言するのが早かった方に一ハン加えて計算してもよいしさ」

「やってみようかな」

「もう一つは、裏向きに並べられた箱の一つから、十三枚だけとり、残りのものから一枚持ってきては捨てる、麻雀と同じ進行方法をとってだね、これも高い手が出来たらストップさ」

「その方が麻雀らしいわ。だけど、他人が安上がりをしたりしないから、大きな手がつくれるでしょうね」

「ところが、逆なんだよ。なかなか和了に結びつかないし、清一色が出来ることなど実にマレだ。このゲームはだね、デタラメな配列をしている集団の中から自分の持ちフダを取ってきて、自分のツモを並べてみるのだから、確率というものを考えるには、最も適していると言える。事実、単騎より多面待ちが勝利をしめるのはこのゲームにおいてだ」

「ふうん。やってみよう」

雑居家族の面々は、パイを四等分し、ゲームを開始した。が、何度やっても、四人でやる麻雀のような手らしい手が出来なかった。

「つまりだね」

と、私は結論につなげた。

「四人でやる麻雀は、確率が問題になるのは最初の配パイだけで、後は、四人の手をすべて利用してゲームを進行してるわけだよ。中をポンしたり、辺チャンをチイしたりしてね……。となると、すでに、数学的な意味では確率という考え方が通用しなくなっているんだよ。麻雀は、われわれが考えている以上に四人が連繫したゲームだと思うよ」

「確率ゲームというのはだね、メンゼンを通し、ツモのみで上がろうとする場合に似ていなくはない。でも、他人がポンしたり、河に捨てられたりして、この待ちはウスイと判定出来ないので、ずっと不利だけどね、しかしメンゼン麻雀を考える基礎にはなる。その確率ゲームで、和了するのが大変難しいということは、ツモ上がりの不利さを教えてもくれている。たとえ多面待ちでもだ」

私は解説を続けている。

「いい待ちだとか、悪い待ちだとか言って、多面待ちが出来ると鬼の首でもとったように、勇みたってリーチをする人がいるけれど、たとえば三・六・九の待ちで、三と九を暗刻で持たれていたりしたら、それこそ辺チャンにも劣ることになる。そこでだ、いいテンパイとは何かと考えていくと……」

「テンプラと飛行機、でしょう」

「そう。上がらなくては意味がないわけだけど、最もいいテンパイとは、リーチをかけたら、他家がわざわざつまみ出して放銃してくれるものだと思うよ。たとえばだよ、地獄待ちと呼ばれる単騎……」

「いやだな、あれは。安全だと思って振ると、ドカーンと当たられ、上がった相手がニコニコしているもの」

「その単騎と同種のものを、相手が持っているとわかったら、ま、最高の待ちだろうね。二万を暗刻で落としての一・四万なども出やすいし、要するに、他の三人を相手にし、三人放銃させるように持っていくのがおれの秘伝なんだよ」

「ふん。迷彩だな」

「そんなカッコいい言葉も使われているみたいだね。索子で六・六・七・七と持っていて、万子で四・五・六と持っている一シャンテンで、五・八索を持ってきてテンパイしてもよいはずだけど、七万を持ってきて六索を切り、三万で七索を切って、二・五・八万を入れて、リーチ……などという手口は、中級者がやったりするようになって、古い、古いなどと笑われたりするんだが、やはり、やらないよりやった方がいいんだよ。河を細工してある方が手なりにせめた時、手が生きてくるし、相手が苦しくなった時、パイが出やすくなっているさ。この前、おれは、万子でメンゼン清一の三暗刻という手をテンパイした。しかも、ドラが三つあった。当然、自分の河には、索子と筒子が多くなる。そこに二索を持ってきたので、その単騎に変えて和了したのだが、ハネ満になった。あれを清一色で押していたら、上がれたかどうかわからない」

「厭な麻雀っ」

「そう。相手にきらわれるのが強い打ち手なんだ。と同時に、他の三家のパイを利用するのがね」

　秘伝などと大げさな表現をしたが、私は、麻雀確率というものがあり、それは、数学の確率よりずっと人間的なものだと思っている。そこが面白さの根源なのだが。

夢の中へ

植島啓司

かつて東大の正門前の「万定」という八百屋の横を入って三〇Mほど行った右側のビルの地下に、「葵」という雀荘があった。一九七二年頃、ぼくらは毎日のようにそこに集まり、店が終わるまでたむろしたものである。夜の一一時に閉店した後は、近くの安い焼き鳥屋で飲み、まだ開《あ》いている雀荘を探したり、友達の下宿に転がり込んだりしたのである。

当時は毎日麻雀をやらないと身体がおかしくなるぐらい麻雀一色の人生で、三日間同じ雀荘の同じ席を動かなかったということもしばしばあった。「葵」にはかなり強いメンバーが集まってきてはいたが、ぼくらが最強ということは誰もが認めるところだった。留年して行き場を失ったぼくらのメンバーは、同病相憐《あいあわ》れむといった感じで互いに身を寄せ合っていた。今から思うと別に麻雀でなくともよかった。ただ、一緒にいる理由が欲しかったのだ。

その頃のぼくは強かった。仲間の一五、六人の中でもほぼ最強メンバーに入り、まず一〇〇戦して三度負けるかどうかといった成績だった。たまたま最強の二、三人が集まったりすると、その卓には誰も近づこうとはしなかった。その頃のメンバーは、今ではテレビ製作会社のプロデューサーになったり、新聞社に勤めたり、広告代理店に入ったり、文学賞を受賞したり、弁護士になるのまで出るくらい。不思議なほどまともな方向へと進んでいる。

さて、その頃仲間にTという男がいた。はじめの「もう一つの桜花賞」の中で一緒にサニールビーを買った男である。Tもトップクラスの打ち手であることは間違いないが、いつもほとんど目立たなかった。今から思うとまず負けたことがなかったのではないか。なにしろ性格がきわめて温厚で、誰に対しても優しく、かなり気弱そうな印象。それゆえ、仲間内でもそれほど強いと思われていなかった。男三人兄弟の末っ子で、全員東大という珍しい一家。愛知県でもかなり有名だったらしい。

大学を卒業後、Tは麴町《こうじまち》にあるコピーライターの会社に入った。そこでぐんぐん頭角を現し（といっても麻雀の話だが）、社長を含むメンバーと毎日のように麻雀をやり、毎月給料の数倍は稼ぎ出すようになった。ぼくはTの人柄が好きでよくつき合っていたこともあり、次第に彼の会社に出入りするようになった。

ぼくの麻雀は、勝ち出すと誰も止めることができないといった激しいもの。オーラスの親をとったらまずは絶対負けなかった。ハコテンで最後まできて大逆転なんて、日常茶飯事だった。守りの麻雀が嫌いで、徹底的に攻めきるタイプ。Tの会社に出入りして、やはり毎週のように麻雀をやるようになり、異常に勝ち続けた。人間負ければやめられる、だが、勝てばやめられない。通う回数もあっという間に増えた。ただ、そこはTの会社であり、あまり迷惑をかけてはならないといった気持ちも強く、そこそこ遊べればいいとも思っていた。ぼくは本質的には気の合った仲間と遊んでいられれば十分満足だった。

Tはやはり強かった。他のメンバーは年齢も二〇歳ほど上で、資金にも十分余裕があり、それほどがむしゃらに勝とうといったところはなかった。しかし、ぼくらは負けるとかなりつらい状態だった。Tはほとんど勝ってはいたが、もちまえの控えめな性格から、いくら勝っても疎《うと》まれたりすることはなかった。今から思うと、本当に強いというのはそういうことを言うのだろう。

ある日、いつものように麻雀をやっている時、他のメンバーに気を遣って一瞬のうちにツキを落としたことがあった。そんなことがあっても十分やっていけると思っているうちに、すべてが裏目裏目と出るようになった。その時、ぼくはTがいつものように少し困ったような顔をしながらも、なんとか凌ぐ機会を提供してくれるものと甘い気持ちを抱いていた。ところが、Tは厳しかった。徹底的にぼくをマークして落としにかかったのである。勿論、イカサマなんかしたことはなかった。だが、暗黙の了解であまりひどいことにはならないようにとお互いに気を配ってきたのである。それが、その時は違っていた。ぼくはまったくいいところがないまま大敗を喫してしまった。普通の人にとってはなかなか払いきれない金額だった。

負けたのは仕方のないことだ。それまでにもないわけではなかったから、納得しなければならないことだった。だが、Tに対するなんとも言えない恨みの気持ちが湧き起こり、自分でも抑えることができなくなってしまった。今から思えばTにはあえて非とするところはなかったようにも思われる。しかし、その時は冷静さを失っており、ぼくはTと絶交したのである。

それからもう長い年月が経過した。結局、それから現在に至るまでほぼ二〇年間、彼とは会わないまま過ごしてきた。ところが、最近、別の友人の件で、彼からメッセージが入った。電話番号のメモが残されていた。あまり見かけない市外局番で、それだけでも彼の波乱万丈の人生は推測できたが、結局いくらかけても誰も出てこなかった。二〇回ほど試したある日、時間は早朝の四時頃だったと思う、ついに彼が受話器の向こう側に現れたのである。

Tは大学を卒業してからも、会社に勤めながら週三回は徹夜に近い麻雀をやっていた。なぜそんなにまでして麻雀するのかと不思議がる人がいるかもしれない。だが、なにしろ負けないのだから仕方がない。誰も勝ち続ける者をやめさせることはできない。やればやるほど勝つ。あたかも落ちてるお金を拾うようなもの。多少展開が異なっても、最後には不思議なくらい浮上してくる。しかし、ギャンブルは、負ければ金を失い、勝てば人生を失う。それは彼の場合も例外ではなかった。

Tは幸福な結婚をしたが、それでも生活ぶりはまったく変わらなかった。可愛い女の子が生まれ、ギャンブル運も衰えを見せず、すべてが順調にいきそうに見えた。ところが、予想もしない出来事が起こる。子どもが三歳にして血液の病気で突然入院し、すぐに息を引きとったのである。詳《くわ》しくは触れられないが、その時の彼らの悲しみはひどいものだった。

そのことが原因となり、二人は離婚する。Tの麻雀もさらに凄みが増してくる。彼は競馬だけでなく競輪も好きで、何をやってもほとんど負けなかった。きわめて繊細な神経をもっていながら、時に大胆に勝負を賭ける。そのバランスは誰にも真似ができなかった。だが、Tは勝ち続けながらも、次第に会社をいくつか移り、それからまったく音信不通になってしまった。

その彼の電話番号がわかったのは本当に偶然だった。幾度も幾度も繰り返しダイヤルした後、ようやく彼が電話口に出た時には、すぐ受話器を置こうかと思ったぐらいぼくのほうも緊張していた。夜明けの四時頃だった。

「どう元気にしてる」とぼくは尋ねた。

「うん」

「そこどこなの」

「故郷に帰ってるんだ」

「愛知県」

「うん」

「何してるの」

「毎日競輪をやってる」

「そういえば、昔もよくやってたね」

「うん」

「どうなの」

「それが負けないんだ。いやになるぐらい勝っちゃうんだ」

「相変わらずだな」

受話器を置いた時には、とても複雑な気持ちになっていた。おそらく彼とはもう一生会うことはないだろう。一度もつれた糸は二度と元に戻らないものだ。それにしてもちょっとしたことが原因で人間はここまで離れてしまうのか。

ぼくはキッチンでコーヒーを飲みながら、いろいろなことを考え続けた。これから自分はどうなるのだろう。そして、友人たちは。さらに、いつまでも勝ち続けているTは、これからどうなるのだろうか。勝って、勝って、勝ち続けたあげく、彼はいったいどこにたどり着くのだろうか。窓に木枯らしが吹きつける。この季節になると、大学の近くで毎晩のように寒さに震えながら酒を飲んだことがしばしば思い出されるのである。

花札、カジノ、チンチロリン……

花札

獅子文六

私は麻雀《マージャン》をやらず、碁、将棋がダメ。外国ぐらしの間も、ポーカーや、ブリッジを覚えなかった。

そこで、「ぼくは、もっぱら、戸外の遊びが好きで、室内遊戯は得意でない」などと、宣伝してるけれど、本音ではない。

花札《はなふだ》は、ずいぶん、やった。

やったといっても、近親の連中や、友人対手であって、賭場《とば》みたいなところへ出たことはない。賭《か》け金《きん》も、一厘花《いちりんばな》程度であった。だから、腕は甘くて、死んだ邦枝《くにえだ》完二みたいに、クロっぽいハナはひけない。

それでも、面白くて、外国へ行くまでが、熱中期であり――いや、パリでも、私より年長の留学生仲間に、日本からわざわざ道具を持参した奴があって、よく戦った。

あの頃は、麻雀の渡来前で、まだ花札が全盛だった。

しかし熱中期時代に、夜が更《ふ》けると、札をパチパチいわせるのを、警戒する気分があったのは、たかが一厘花のくせに、滑稽であった。一体、花札を弄《もてあそ》ぶことは、金を賭けなくても、堅気《かたぎ》の人は喜ばなかった。私が「牡丹亭雑記」という随筆集を出した時に、表紙に、花札の牡丹のカスの札をとり入れたら、久保田万太郎氏が「いくらなんでも」といった。私は花札の図案は、どれも美術的だと思うのだけれど、堅気の商家に育った久保田氏は、べつな神経を持ってるらしかった。

私の家では、母親がハナが好きで、父の歿《ぼっ》後《ご》は、よく親類や知人を招いて、夜通し遊んでいた。私が子供の時から、ハナを覚えたのは、家に道具があったせいにちがいない。また、ハナの集まりがあるのを、喜んだのは、そんな晩は、子供にも、ご馳走が出たからだろう。

ハナの集まりにくる定連で、おかしな婆さんがいた。以前は芸妓とかいったが、もう皺《しわ》クチャ婆さんで、話が面白かった。その女が、花をひいて、警察にあげられた時の話を、食事の時なぞによくやって、人を笑わせた。

婆さんがアゲられた時も、素人《しろうと》ばかりの集まりだったが、旦那や芸人たちで、場所は料理屋で、賭け金も、相当だったとのこと。

婆さんは、廊下に背を向けて坐り、床の間《とこのま》の方に、旦那がいたそうだが、その旦那が、配られた札をバラバラと落した。

「手八ですか、旦那……」

婆さんは、何も知らないから、そう聞いたそうである。手八というのは、七枚くばる札を、誤って一枚多くした場合のことで、蒔《ま》き直しにしなければならぬ。そうではなかった。廊下に、刑事が踏み込んできたのを、旦那だけが、気がついたからだった。

やがて、婆さんも、手入れと知ると、急いで、その辺の札をつかみ、懐《ふところ》ろや袖に押し込んだ。刑事に証拠をつかませぬ計略のつもりだった。

一同は、現行犯で、警察へ連れていかれたが、人力車へ乗ることを許された。世間《せけん》態《てい》が悪いからと、懇願した結果だという。

人力車の中で、婆さんは考えた。隠《かく》した花札を、警察に持って行っては、バレてしまう。といって、車の中へ落して置いたら、車夫が警察へ届けるかも知れない。

仕方がないから、食うことにしたそうである。花札を、全部、腹の中へ入れてしまえば、完全な証拠湮滅《いんめつ》になるわけである。

そして、婆さんは、花札を小さくちぎって、口の中へ入れてみた。ところが、花札というものは、紙でできているけれど、重みをつける関係上、胡粉《ごふん》のようなものが、表面に厚く塗ってある。

だから、そう簡単に、食えるものではない。ムリに嚥下《えんか》しようとすれば、多量の水分を必要とする。人力車の中に、茶も湯もあるわけがなく、婆さんは自分のツバキに頼る外はなかった。

しかし、一心は恐ろしく警察へ着くまでに、婆さんは、所持した花札のすべてを、どうにか、腹の中へ入れてしまったそうである。

そして、警察へ着いて、とりあえず、留置場へ入れられたが、婆さんは、口もきけないほど、喉《のど》が乾いてきた。生まれてから、あんなに喉が乾いた経験はなく、その苦しさは、言語に絶した。

「お水を下さい。一ぱいでいいから……」

婆さんは、留置場の前を通った巡査に、必死に頼んだところが、

「ここを、何と心得とる。悪事を働きながら、勝手をいうな」

と、ひどく、叱られたそうである。

しかし、喉の乾きは、いよいよ烈しく、次ぎに、警察の小使が、留置場の前を通ったから、再び、懇願を始めた。この小使さんはヨボヨボの薄汚い老人だったそうであ

る。

「小使さん、水が貰えないなら、お前さんのツバキをおくれ」

これが、婆さんの話のオチであって、いつも、ここへきて、人を笑わせるのである。

花札遊びが、警察の眼を盗んで行われた時代を考えないと、この話は面白くない。

しかし、どうしてその時分の警察は、花札遊びを、それほど犯罪視したのだろう。丁《ちよう》半《はん》なぞとちがって、遊び方も技術を要し、時間もかかり、賭けといっても、大したことはなかったのではないか。

花札は、麻雀やトランプより、高級な遊びと思うのだけれど、すっかり廃《すた》ったのは、あの美しい札が、あまりに日本的だからか。

賭け事は向かない

保坂和志

冬は炬燵《こたつ》で花札、と思うのは私だけか？　子供の頃からトランプより花札が好きだったが、鎌倉で花札をする子供はいず、結果、山梨の親戚でするだけだったが、親戚では花札は冬、それも正月のものだと決まっていた。遊んでばっかりいてはダメだという意味だったのだろう。

だから長いこと親戚以外で花札をしたことがなかったが、高校で花札好きの友達が見つかった。これがまた親が山梨出身だったから、花札と山梨は何か関係があるのだろうか？　佐久間という今は東京地検特捜部にいる男だ。佐久間と私は一週間の修学旅行のあいだ、一日一度は花札をやった。熱く真剣だったから、金でも賭けてたんだろうか？　昔のことだから憶えてない。熱くなったのは真夏だったからかもしれない。私の出身校は変なところで、八月、夏休みの真っ最中に修学旅行に行ったのだ。それも高校三年で。

やっていたのは「こいこい」だ。こいこいというのは、ガガガッと勝ったと思うと、一瞬にして流れが変わって、ドドドッと負けつづける。私に来たり、佐久間に行ったり、まあ二人いい勝負、ろくなものじゃなかった、ということだ。いまは養護学校教師をしている恩田は賭け事がめっぽう強く、修学旅行の途中で恩田にやり方を教えたら、佐久間も私もたちまちぼこぼこにされてしまった。私たちがただ流れだと思っていたところで、恩田はしっかり考えて札を捨てていた。

恩田よりもっと凄かったのが、大学時代勤めたバイト先の社長の中村さんだった。この人は初代だったか二代目だったかの朝日将棋アマ名人で、社員に言わせると、「麻雀《マージャン》なんかは全然弱いが、一対一の対面勝負は目茶苦茶強い」。

これもまた社員旅行の夜でしかも夏だったが、夜、麻雀をやらない社長が暇なものだから、「保坂君、こいこいできる?」と言ってきた。私もバカだからほいほい誘いにのったのが運の尽き。本当に地獄のような勝負だった。そんなにしゃべる人ではないはずなのに、こっちが降りると言うと、「いま降りたら勝負にならないよ。ここはもっと大きく勝たないとなあ」みたいな挑発を止めどなくしゃべって降りさせず、自分が降りるときはさっさと降りる。こっちに何か言う隙を与えない。札の捨て方もハッタリが利いている、というかメリハリが利いていて、捨てた札に対するこっちの目の動きを見逃さない。

だから、八枚の手札が残り三枚になったときには、手に何があるか完璧に読まれてしまっている。だいたいこいこいというのは、役が揃うのが五枚目くらいだから、残りの三枚から本当の勝負がはじまるわけで、それが丸裸になっているんだから勝てるはずがなく、私はバイトなのに社長に一万数千円巻き上げられた。

まさか、社長がバイトから本当に金を取るとは思わないような甘い学生に向かって、社長は「いろいろ教えてもらって一万いくらなんて、こんな安いことはない」とうそぶいたが、社長の言ったとおりだと、その後私は思った。

相手が誰だろうと手を抜かない人がいる。そんな人と何かやったら、とんでもない目に遭う。だいたい私は賭け事は向かない。やらない方がいい。これだけわかったんだから、一万数千円は本当に安かったし、社長は一万円に負けてくれた。

賽の踊り（抄）

沢木耕太郎

地図で確かめもせず、行きあたりばったりに歩き、気に入った角《かど》をいくつか曲がっているうちに、再び海岸に出た。そこには何隻《なんせき》もの船が埠頭《ふとう》につながれていたが、中でも眼を奪われたのは、香港仔の水上レストランに似た、極彩色の中国船だった。近寄ってみると、看板に澳門皇宮とあり、西式博彩場とも記されている。どうやらここもカジノのひとつらしい。しかし、リスボア・ホテルに比べると、いかにも場末の博奕場《ばくちば》といった野暮ったさと凶々《まがまが》しさがあり、それがかえって東洋的な雰囲気をかもし出していた。

私は入口附近でしばらく眺めていたが、客がポツポツ現われては中に吸い込まれていくのにつられ、ついふらふらと入っていってしまった。

意外だったのはその客層である。いかにも観光客とわかるような人ばかりでなく、港で仕事をした帰りに立ち寄ったという感じの日焼けした顔の男や買物の途中の主婦などがけっこういるのだ。土地の住人らしい老人が一パタカの硬貨を握って入っていく姿も見かけた。マカオのカジノは、少なくともこの澳門皇宮のカジノは、観光客だけのためではなく、マカオの庶民の娯楽のためにも存在しているようだった。

階上の博奕場に足を踏み入れると、複雑な響きをもったざわめきが聞こえてくる。客はさほど多くはないが、煙草《たばこ》のけむりにかすんでいる場内には独特の熱っぽさがこもっている。

ゲームにはさまざまな種類があった。ルーレットやブラック・ジャックは知っていたが、見たことも聞いたこともないような博奕もあった。

テーブルの上に碁石によく似た白い小さな石がばらまかれている。ディーラーは細長い竹の棒でそれを中央に集めると、その一部分に碗《わん》をかぶせ、伏せたまま脇にずらす。すると客は一斉《いっせい》に賭けはじめるのだ。

最初はまったく理解できなかった。だが、何回か繰り返し見ているうちに、それが端《は》数《すう》を当てるゲームだということがわかってきた。客が賭け終ると、ディーラーは碗を開け、小山となった白石を竹の棒で四個ずつ取り出していく。そのようにして四個ずつにされた白石の列が、一列、二列と綺《き》麗《れい》に並べられていく。そして、賭の対象となっているのは最後にいくつ残るかということなのだ。四個ずつ取り除いていけば、最後に残るのは一個か二個か三個か四個のいずれかである。これを当てるのだ。碗をかぶせる白石の数は百個近いが、このゲームに熟達した客には、ディーラーが四個ずつ取り除くために小山を薄く伸ばした瞬間に端数がわかるらしく、溜息《ためいき》が洩《も》れる。

この、マカオに特有のゲームは番攤、ファンタンという。後で見ていた中国人の男性に訊《たず》ねたら、そう教えてくれた。

人だかりの中に首を突っ込み、しばらく見ては別の場に移る。そのようなことを繰り返しているうちに、私が最後に足をとめたのが大小、タイスウだった。

大小はサイコロによる丁半博奕の一種である。違うのは賽《さい》の数が二個ではなく、三個だということだ。ゲームの基本は、賽の目の大小を当てることにある。三個の賽の目の合計数は最小三、最大十八である。その両端を除き、四から十七までを二分し、十までを小とし、十一以上を大として賭けるのだ。

賭け方には、この大、小、以外にもいくつかあり、たとえば、賽の目の一つを当てるもの、二つを当てるもの、三つのすべてを当てるものなどがあり、あるいは合計数をピタリと当てるというものもある。当たった場合の倍率はその難易度によって異なり、大小の二倍からすべての目を当てる百五十倍まで、さまざまである。

テーブルの上にミキサーのようなガラスの円い筒が置いてあり、その中に三つのサイコロが入っている。ディーラーは、まず、そのガラスの筒に黒いふたをかぶせる。次に止め金をかけ、ツマミを三回プッシュすると、サイコロがのっている台が上下し、サイコロがはねまわっているらしいカランカランという気持のよい音がする。やがて静かになり、「請客投注」のランプがつくと、客が思い思いの目に賭けはじめる。

ミキサーに似た器械の脇に二つの張り台があり、多様な組み合わせの賽の目が図示されている。それを取り囲むように、両端に大小の文字、下方に四から十七までの数字が書き込まれている。

ディーラーは客が充分に賭けたと思うとブザーを鳴らす。賭ケ方ヤメイ、というわけだ。止め金をはずし、ふたを開ける。賽の目を見て、ディーラーが素早くスイッチを入れると、張り台の当たっているところに灯《あか》りがつく。たとえば、「一・四・六」「十一」「大」という具合である。つまり、灯りがついていないところに賭けた人はすべて負けということなのだ。賭けられた金はすべて取り除かれ、灯りのついたところにのっている金に対して、倍率通りの金が支払われる。ディーラーは出目の表示板に大か小かのマークを付け加え、ひとつの勝負がそれで終る。客はそこに並んだ「小大小小大小大大大」などというマークを見ながら、次はどちらが出るかと勘を働かせるのだ。

テーブルの周りに集まっている人だかりからすれば、この大小がマカオのカジノで最も人気のある博奕と言えそうだった。

私も大小に魅きつけられた。

ゲームはディーラーの三回のプッシュによって開始されるが、なによりもその音が刺激的だった。大型カメラのシャッターのように、カシャ、カシャ、カシャ、とプッシュされると、筒の中をサイコロが軽やかにはねまわる音が聞こえてくる。それに、この大小だけはほとんどカジノのチップが使われず、張り台の上には現金が乱れ飛ぶというのも、いかにも博奕らしい風情《ふぜい》があってよかった。買物籠《かご》を下げたオカミサンが、何回も「見」を続けたあげく、意を決したように五パタカ硬貨を張り台の上にのせ、負けるとその一回だけで帰っていく。大小はそれほどに庶民的な博奕のようだった。

私は大小を飽きずに眺めつづけた。

突然、少し離れたところでどよめきが起きた。見にいくとそこも大小のテーブルだった。人垣《ひとがき》の後から張り台を覗き込み、出目の表示板を見てそのどよめきの理由がわかった。「小大小大小小小小小小小小」ときて、今度もまた小が続いたからなのだ。これで小が十回続けて出たことになる。声を上げたくなるのも無理はなかった。ディーラーが新たに台をプッシュし、「請客投注」のランプがつくと、客は一斉に賭《か》けはじめた。まず大の上に小額の札が競うように並べられ、しかしそれに劣らず小の上にもかなりの金が賭けられた。

どっちだろう、と私も考えた。十回も続けばさすがにもう小は出てこないかもしれない。常識的には大だろう。しかし、いくら十回続いたからといっても、この一回に限ってみれば、大と小が出る確率は五分五分なのだ。むしろ、小に賭ける方が博奕の本道のような気もする。さて、大か小か……。

私は自分が賭けるつもりになっていることにびっくりした。私はこのマカオで、博奕をしようという気持をまったく抱いていなかったはずだからだ。

元来博奕には興味がなかった。競馬、競輪、競艇はおろか、花札、カード、麻雀《マージャン》もやらない。賭け事とも言えないが、好きでやるのはパチンコくらいである。丁か半かの博奕的な生き方には強い憧《あこが》れを持ちつづけてきたが、博奕そのものへは関心が向かなかった。

だが、十回連続の小という出目表を見て心が動いた。ジーンズの尻《しり》ポケットを探ると五香港ドルの硬貨が手に触れた。賭の締切りを告げるブザーが鳴りかかった時、私は反射的にその硬貨を小の上に置いていた。

ディーラーが筒の止め金をはずし、ふたをはずした。息を呑《の》んで見守っていた客は、点灯された目を見て再びどよめいた。

一・一・四の小。

十一回目の小だった。私の五ドルは十ドルになって戻ってきた。

ディーラーがプッシュし、新たな勝負が始まった。客が一段と興奮してきたのがよくわかる。それは前回をはるかに上廻った賭け金の量からも察することができた。私は儲《もう》けた五ドルをまた小の上に置いた。

ブザーが鳴り、ふたが取られる。

三・三・三の小。

また勝った、と思ったが、張り台の小のところに灯りがつかない。奇妙に思っているうちに、小に賭けられた金も大に賭けられた金も、ディーラーの手によって回収されてしまった。それは私が知らなかっただけで、大小には、三個の賽の目が同じになったら、つまりゾロ目が出たら大小いずれも親の総取りになる、というルールがあったからなのだ。

ゾロ目が出たことで、過熱していたその場の空気が一瞬にして冷めた。人垣が崩れ、大金をすってしまったらしい人や他のテーブルに移るらしい人がその場を離れていく。面白いな、と私は思った。

ディーラーがプッシュし、サイコロのはねまわる音が響くと、緩んでいた空気が再び引き締まった。

大小どちらだろう。小が十一回続き、ゾロ目が出て、それを断ち切った。私は今度は素直に大に賭けた。

三・四・六の大。

再び十ドルになって戻ってきた金を、次の勝負でそのまま大に置いた。ディーラーがふたを開け、出た目が点灯されるほんの一秒くらいの間に、私はこの十ドルが二十ドルになり、すぐにも千ドル、二千ドルになるような幻影を抱いたが、そうはうまくいかなかった。

一・一・五の小。

これで元金の五ドルをようやくすったことになる。五ドルで充分遊ばせてもらったのだからそろそろ切り上げて帰ろう。そうは思うのだが、意志とは反対に体が言うことをきかない。推理し、賭け、結果を待つ。そんな単純なことがこれほど面白いとは思ってもいなかった。灯りがつく瞬間のゾクッとするような快感が、これ以上やると博奕の魔力に搦《から》め取られてしまうかもしれないという危惧《きぐ》を抑え込んでしまった。

カラン、カランとサイコロのはねまわる音が聞こえてきた。私はポケットから十ドル札を引き出し、大に賭けた。

三・三・四の小。

小額の硬貨や紙幣はもうなかった。私はためらわず百香港ドルをパタカに両替して小さくくずし、それを元にして本格的に賭けはじめた。大に賭けたり、小に賭けたり、勝ったり、負けたりしているうちに、百パタカは一時間もしないうちに綺麗になくなってしまった。

私は胸のパスポート入れの中から金を抜き出すためにトイレに行った。抜き出した米ドルの五十ドル札は両替所で二百五十パタカになった。これだけあれば一勝負できるかもしれない、と私は思った。マカオで博奕をするつもりのなかったはずの私が、一勝負、などと考えるようになったのは、香港ドルとはいえ百ドルを失なっていくらか熱くなっていたこともあるが、それ以上に、ベラ・ビスタという洒落《しゃれ》たホテルに宿をとれたことで、今日は特別なのだ、今日くらいは贅沢《ぜいたく》をしてもいいだろうという気分が生じていたことにもよる。そしてもうひとつ、私は博奕というものをいささか甘く見すぎているところがあったのかもしれない。少し頭を働かせれば多少の損はすぐにでも取り返せるようなつもりになっていた。

しかし、二十パタカずつ慎重に賭けたつもりだったが、二百パタカがなくなるのに大して時間はかからなかった。残りが五十パタカになってしまった時、しばらく賭けずに見てみようと思った。

いわゆる「見」を続けているうちに、大小というゲームの構造がぼんやりとだがつかめてきた。

ディーラーは大でも小でも、ある程度まで自分の望んだ目を出せそうだ。よく観察していると、その卓に大金を持って加わってきた客は、いつの間にか負けて撤退していく。例外はあるが、百ドルしか持っていない客が二百ドルになったといって喜んでやめていくことはあっても、一万ドルを二万ドルにして帰る客はほとんどいない。ということは、ディーラーが、巧妙にその種の客に立ち向かい、ここぞという時に彼らの裏をかいているのではないだろうか。さらに言えば、ディーラーが「ここぞ」と思った瞬間がわかりさえすれば、狙《ねら》い打たれた客の逆をいけば勝てることになる。

私はもう五十ドルをパタカに替え、大金を賭けていそうな客がいる大小の卓を探した。すると、いかにも香港の舞廳から連れてきたといった感じの派手な化粧をした女を脇にはべらせ、声高に喋《しゃべ》りながら賭けている男がいた。着心地のよさそうな麻のスーツを身につけ、テーブルの上には四つ折りにされた高額紙幣が堆《うずたか》く積まれている。

私はその卓に目星をつけた。

その男はツキまくっているようだった。大金を賭け、それに倍する金が戻ってくる。一般に、客は大勝すると儲《もう》けた額の一割くらいをチップとしてディーラーにやることになっているが、彼はそのようなマナーをいっさい無視し、すべてを自分の手元に残してしまう。神経質そうなディーラーが業《ごう》を煮やし、金を数えて渡す折にチップの分を抜き取ろうとすると、男は大声で怒鳴って取り戻してしまう。そして、いかにも小《こ》馬鹿《ばか》にしたように十ドル札を投げつける。ディーラーも憤然として投げ返し、その卓はいやが上にも興奮が高まっていく。

ディーラーの眼《め》には激しい侮蔑《ぶべつ》と憤怒が宿っているが、どうしても男のツキにかなわない。あるいは、この男は博奕のプロで、そのようにディーラーを昂《たか》ぶらせ、出目のコントロールの勘を鈍らせているのではないか、と思えるほどだった。賭け方も、無造作に大金を投げ出しているように見えて、彼なりの一貫した方法を持っていた。

それは、大小と合計数当ての二つを巧みに組み合わせるという、単純だが堅実な方法だった。

大小は倍率が二倍だが、三つのサイコロの目の合計を当てるのはその出にくさによって倍率が異なる。たとえば十と十一は六つのパターンがあるので七倍だが、四と十七はそれぞれ「一・一・二」と「五・六・六」という組み合わせしかないので五十倍がつくといった具合だ。

男は、大に千ドルを賭けると、保険の意味でか九と八に百ドルずつ賭ける。あるいは、よほど自信がある時は、大に千ドル、さらに十五、十六、十七に百ドルずつなどという賭け方をしていた。そして、その判断はかなり適確だった。

途中でディーラーが交替した。新しくきたディーラーは小太りの、冴《さ》えない印象の中年の男だった。持ち場につくと、ディーラーは一度だけ男を見てからツマミに親指をかけた。

それが男の運の切れ目だった。ディーラーがプッシュし、男が賭ける。しかし、見ていても気の毒なくらいはずれてしまう。男が何事か大声で喚《わめ》いても、ディーラーはほとんど取り合わず、無表情に押しつづける。男の眼の前に山のように積まれた高額紙幣がみるみる減っていった。

男の口数が少なくなり、張り方に変化が起きてきた。賭の力点が大小から合計数を当てるものへと移っていった。当たれば大きいがそうたびたび当たるものでもない。

ひとたび勘が狂い出すと、男をあざ笑うかのように出目がそれていく。そうなると、ディーラーの冴えない無表情さが、かえって凄味《すごみ》を感じさせるようになる。

私は、男が焦《あせ》り、乾坤一擲《けんこんいってき》の大勝負に出るのを待った。

男の隣で坐《すわ》っている派手な化粧の女は、人の金という気安さからか、特に勝とうというつもりもないらしく、ふわふわと面白半分に賭けていた。

ディーラーがプッシュし、女が減ってしまった紙幣の山からまた一枚つかみ、どこかへ賭けようとした時、男がその手を押さえた。そして、心を落ち着かせるようにその回を張らずに見送ると、次の回には女の握った一枚までも抜き取り、すべてをかき集めて小に賭けた。

絶好の機会が訪れた、と私は判断した。彼はこれで息の音を止められる。どうあがいてもディーラーに裏をかかれているはずなのだ。私は彼と反対の大に三百パタカのすべてを賭けた。これで以前の負けは取り返せる。そうしたら、そろそろ切り上げてもよい。

ディーラーが止め金をはずした。黒いふたを開け、張り台の灯りにスイッチを入れた。

一・一・二の小。

私は自分の眼を疑った。小? そんなことがあるのだろうか。だが、灯りは小についており、大の上にのせた私の金はディーラーの手でかき集められてしまっている。頭に血が昇ってくるのがわかった。

男は息を吹き返し、倍に増えた紙幣を前にして、大声を出しはじめた。

どうしてだろう。私はどこをどう間違えてしまったのだろう。考えているうちに、自分がいつの間にか百ドルを賭けてしまっていたことに気がつき愕然《がくぜん》とした。百ドルといえば、香港で要した半月分の費用に相当する。しかし、愕然とはしたがもうこれでやめようという気にはならなかった。

〈どうしても取り返すのだ……〉

ぼんやり立ちつくしてその場を眺《なが》めていると、男の大勝もローソクの消える直前のひとさかりの炎のようなものだったらしく、再び紙幣の山が築かれることもなく、敗北の坂をゆっくり転げ落ちていった。だが、彼がどうなろうと、私が自分の考えついた方法で賭け、負けたという事実に変わりはなかった。取り返すにも、どのような方針で賭けたらいいのかわからなくなってしまった。

ギャンブルのこと

北杜夫

私はナマケものであるから、何もせず生活していけたら、とばかり考えている。それほどでなくても、指一本うごかして暮せたら、とよく考える。作家は万年筆一本動かしている商売で、ちょっと見には楽なようだが、裏にまわってみると、実はなかなか大変である。

賭博の小説などをよむと、賭博こそうまい商売だと考えるが、私にはへんに凝り性なところがあり、もしそんなものに手を出したら身の破滅だとも承知していた。

パチンコだってギャンブルの一種である。あれが流行しはじめた頃は、毎日のように半日やった。ついには指から血が吹きだしたこともある。

パチンコというものは、スロット・マシンよりは手加減の利くものである。自分の腕が発揮できるものである。スロット・マシンとなると、すべて機械まかせで、一体全体なんという味気ない器具であることか。それなのにスロット・マシンのほうが魅力があるのは、現ナマが出てくるからである。五十枚のコインが受皿にこぼれおち、床にまで散乱するあのひびき、それあるがゆえに、あんなバカゲた機械で人は飽くことなく把手をガシャガシャやるのである。

私の知っている賭博場は、セイロンのちゃちな奴、マカオの田舎びた奴、それからこれだけはカジノと呼ぶにふさわしいベイルートのそれくらいにすぎない。

しかし、セイロンとかマカオの賭博場は、私くらいが出入りするのにちょうどいいので、ベイルートのカジノでは、紳士はいずれもダーク・スーツに蝶ネクタイ、婦人はきんきらきんに着かざり、私のように普通の背広姿だといささか気がひけるような雰囲気だった。

セイロンのときはまるで金がなかったのでこれは論外、マカオにはいささかの金を持って二回行き、二度ともはじめはかなり稼ぎ、最後にはムネンにも逆転し、ほとんど無一文でほうほうの体で逃げ帰る始末であった。

その最初のマカオ行きのとき、私はAという心理学者と、その妻であるテレビ女優と、Hという香港《ホンコン》の中国人と四人づれであった。

温厚なH氏は、いささか昂奮気味の私とAを案ずるように眺めた。

「今まで賭博で後半生をまっとうした男はいない」

と、しきりに忠告した。

しかし私とAとはそんなことは馬耳東風であった。二人ともかなり酔っていた。賭博場へ乗りつける人力車の中で、私は「軍艦マーチ」を唄い、AはSSの歌を唄った。

マカオの賭博で一番盛んなものは、ルーレットより、「大小」と呼ばれるサイコロ賭博である。三つのサイコロをふり、その数の総計でルーレット式に数字にはる。十二以上が大、十一以下が小である。

はじめは二人ともよくわからぬので、もうけたりすったりしていた。その間、Aの奥さんはスロット・マシンで遊んでいたが、女性というのはこまかなもので、ささやかに五十セント貨を稼ぎつづけていた。すると、一文なしになって戻ってきたAがそれを奪いとり、「大小」にみんな賭け、一度でみんなすってしまった。

Aは血相変えて、また米ドルをごっそり香港ドルに替えてきて、一隅に席をとってはりはじめた。頭に血ののぼった私たちは百香港ドル（約七千円）札を用いだし、ついにはその赤い紙幣が単なる色紙くらいにしか見えず、前後の見さかいもなく何枚もそれをはったりした。ホテル代が残っているかどうかも念頭になかった。

そんな私たちは賭博場にとっても上客の部類に属したらしく、日本語を話す台湾人のボーイがつききりで、タバコをくれたり飲物を持ってきてくれたりした。

しかも見よ、私たちはだんぜん勝ちつづけていた。小なら小がつづくのは三回くらいが多く、四回目には大にごっそりはって、それでけっこう当てていた。

H氏がしきりととめるので、私たちは午前二時ごろ渋々腰をあげた。バーでコニャックを飲み、ボーイたちにおごってやろうとすると、全然金を取ろうともしないのだ。

「こんなことで賭博場ってものは一体やっていけるのかね。これだけ稼がせてくれるし、タダで酒はのましてくれるし」

とAはあきれたような声を出した。

私たちは大得意、大上機嫌で、玄関番のほんの子供のボーイともしっかりと握手をし、ホテルに戻った。

それから部屋で札束を数えてみると、香港、マカオの滞在費はとうに稼いでしまっていることがわかった。

ふいに、今までの反動で、警戒の心が心理学者のAに湧いてきたらしい。

「おい、もうこれだけでやめとこう。これ以上やるときっとやられる」

「それもそうだな」

しかし、朝になってみると、そんな考えはどこかへ行ってしまった。私たちは午《ひる》の船で帰ることになっていたが、それまでに飛行機代くらい稼げそうな気になり、またぞろ賭博場に乗りこんだ。

顔なじみのボーイたちがニヤニヤして迎えた。ネギカモがきたと思ったのであろう。その通り、私たちは三時間のうちに、スッテンテンになった。なんと大ばかりが八度もつづいて出たりしたのである。それを昨夜の流儀で倍々とはっていって、アッという間にスッテンテンになった。

首でも吊りたい心境で船に乗る。動きだした船は、やがて船型をした憎きも憎き賭博場のまえを過ぎる。台湾人のボーイが、わざわざそこから手をふって、

「ゲンキデネ。マタイラッシャーイ！」

「ドゥムメル・カール！　バカヤロウ」

と、Aは怒鳴った。

帰りの船の中で、私はH氏にシャンペン飲み放題で御馳走すると昨夜約束したのだが、もはやせいぜいビールを飲むくらいしかできなかった。それも、

「あなたはおごる権利を失った」

と、H氏に言われ、彼が金を払ってくれた。そのビールには生力啤酒と書かれてあ

ったが、いくらビールを飲んでも、少しも生力は出てこないのであった。

さて、日本に戻って、私は反省をした。船の時間を気にして、ソワソワとはりつづけたのがまずいけない。

更に、私は数十回の「大小」に、サイコロの目にどんな数字が出たかを、すべて記録してきた。これを克明に調べ、コシタンタンとして復讐の時期のくるのを待った。

そして二年後、Aと私はふたたびマカオへ乗りこんだ。女は邪魔っけだが、今度は私の妻がついてきた。彼女は香港で買物をする金を失うのを怖れ、賭博はやめろとしきりにギャアギャア言ったが、こちらは賭博が目的である。前回に懲り、今度はマカオにたっぷり三日間滞在するよう予定をくんだ。

そして結論をいうと、三カ所の賭博場で奮戦し、朝から夜半まで賭博ばかりやっていて、はじめはしこたまもうけ、帰るときにはまたもやスッテンテンになっていた。

しかし、私はこのたびは更に多くのギャンブルに関する知識を得た。ここでそれを書くのはイヤである。私はその秘密を抱いて、いずれ三たびマカオを訪れ、今度こそあの賭博場をつぶしてやりたい。

もっとも日本に公認の賭博場があったら、まず私は乞食になる運命であろう。

賭博者はダンディであるべきだ

柴田錬三郎

　もはや旧聞になるが、(当人にとっては旧聞どころではあるまいが)東宝の腕きき顔ききプロデューサー奥田某が、ギャンブル・ツアーをつくって、ゴルフ練習場経営者やら、貴金属販売会社とか高級呉服問屋とかの若旦那をひきつれて、ラスベガスへ乗り込み、シーザース・パレスのカジノで、ルーレットやらブラック・ジャックやらクラップスやらに無我夢中にさせ、借金の山をつくらせて、帰国し、せっせと支払わせた事件は、すでに、新聞・週刊誌に紹介ずみである。

　最高に負けたのは、ゴルフ練習場の経営者で、六十六万ドル(二億円)とか。

　一週間で、二億円も負けるのは、容易なワザではない。一日で三千万円ずつ負けた勘定になる。

　かりに、この人物が、ルーレットをやったとして、一回百万円ものチップスを張ったとは考えられない。私が、各国のカジノで観《み》た経験からも、自分の邸宅内に十八ホールのゴルフ・コースを所有しているイギリスの金持でさえ、一回せいぜい五六十万円を投じていた。

五十万円ずつチップを張って、十回たてつづけに負けたとしても、五百万円である。十回たてつづけに負けることは、私の経験から、まず考えられない。

一回に五十万円を投ずることは、百ドル・チップを十七枚、0から36までの数字に分割された盤上に賭けることである。約半分の数字である。これだけのチップをばらまいて、十回に一回も、賭けた数字に、象牙の玉が落ちないはずはない。当れば、三十五倍になって、チップは払いもどされるのである。

その日は、よほどツキがなくても、五回に一度は、当るだろう。その時、三千五百ドルが手許にかえって来る。つまり、その前に四回賭けて、六千八百ドル失っていても、五回目に当れば、二千三百ドルの損ですむわけである。百回やったとして、損は二万三千ドル（約七百万円）ではないか。

これは、よほどツキに見はなされた日の勘定である。七日間、ツキに見はなされっぱなしだったとしても、約五千万円の損失である。

七日間、ツキに見はなされっぱなしであった、とはとうてい考えられない。大いに勝った日もあったはずである。

ゴルフ練習場の経営者が、どれだけの金と度胸の持主であったか知らないが、一回百万円も、チップを盤上にばらまいた、とは想像し難い。

しかし、どうやら、二億円をすってしまったことは事実らしいから、いったい、どういう賭けかたをして、それだけの借金をつくったか、一度、きいてみたいものである。

たしかに、ギャンブルは、男にとって、最高の魅力のあるプレイである。

現代の競馬やマージャンのいささか狂気じみた盛況ぶりを眺めても、日本人がギャンブル好きであることは、明白である。

ただ、私が、最近になって競馬場から足を遠のかせたのは、馬券を買う人々の目を血走らせた姿のあまりのあさましさに嫌悪感をおぼえるからである。

日本人は、ギャンブルというのは、あくまでplayであることを忘れてはいないか。

金を儲ける仕業では、絶対にないのだ。

プレイは、愉《たの》しむために存在する。

結果が、勝っても負けても、プレイをやっている間、愉しんでいるのであるから、終った時には、きれいさっぱりと忘れることである。

ラーであった。

「007」を書いたイアン・フレミングは、イギリス人だけあって、大層なギャンブ
「カジノ・ロワイヤル」や、「ゴールドフィンガー」の中のゴルフの大勝負などを読めば、フレミングが、どれだけ、豊富なギャンブルの経験者か、よく判るはずである。

そのフレミングが、いみじくも、云っている。

「ギャンブルに絶対に勝つ方法は、たったひとつしかない。それは、インチキをすることである」と。

仲間同士でギャンブルをやる以上、あくまでフェア・プレイでなければならず、この場合、強い、というのは、テクニックと度胸と忍耐である。ツキというものは、月の潮汐力のごとく、引いたり寄せたりする。ツキがなくなった場合、かっとなれば、負けるにきまっている。異常な忍耐力をもって、ツキがまわって来るまで待たなければならない。ツキがまわって来た瞬間、猛然と反撃攻勢に転ずる。

そこにプレイの面白さがあり、また、それが人生上の一種の修業となる。

しかし、くりかえすが、プレイはあくまでプレイであり、これに全財産を投じて破滅する性質のものではない。

私は、身近なところにいる者が、破滅した例を二三みているが、かれらは、いずれ

も、ギャンブルがプレイであることを忘れてしまったむくいを受けている。シーザース・パレスで、二億円の借金をつくったゴルフ練習場の経営者も、そのたぐいではないか。

ヨーロッパやアメリカのギャンブラーの賭けっぷりを観たり、読んだりすると、かれらは、あくまで、プレイに終始している。

これは、西欧には、ギャンブルの伝統があるからであろう。

私は、これまで、他の随筆で、二三度書いたが、ギャンブラーはあくまで、ダンディでなければならない、という条件がついている。

ダンディというのは、イングランドのつくりあげたひとつの存在方式である。ダンディズムとは、他人に似ることを厳しく警戒する独創性の追求によって、真価を発揮する。いわば、ローマ人以上のイギリス人のエゴイズムの華なのである。

ダンディの完璧な典型は、十九世紀のイギリスの貴族ジョージ・ブラムメルであった。バイロンをして、「余はナポレオンたらんよりも、ブラムメルたらん」と云わしめたこの貴族は、十九世紀後半の高踏派の文学者たちに、多大な影響をおよぼした。

ロマン派の主観と感情過多を軽蔑し、理知的な観察力と、典雅にして壮麗な様式を重んじた高踏派（バイロン、ボードレエル、リラダン、マラルメ）が生れたのは、あるいは、ジョージ・ブラムメルという偉大なダンディが、イギリス社交界に存在したからだとも、いえる。

ジョージ・ブラムメルについては、日本では、上田敏が、ほんの数行紹介し、永井荷風が、その存在に注目しただけで、以後評論家たちは、全く知ろうともしない。

ブラムメルもまた、イギリス社交界きってのギャンブラーであった。

かれは、カードのみならず、貴族たちのサロンで、最も知的なゲームをやった。そして、常に勝った。

しかし、その知的なゲームの最後の大勝負で、かれは、全財産を賭けて、敗れた。

「ナポレオン・ボナパルトは、はたして、セント・ヘレナ島を脱出して、再びフランスの独裁者たり得るか？」

賭は、それであった。

ブラムメルは、「イエス」と賭けた。

やがて——ナポレオンが、一八二一年に、セント・ヘレナで病死したという報告がそのサロンにもたらされた。

その時、ブラムメルは、みじんの動揺も示さず、軽いあくびをひとつして、サロンを出て行き、全財産をイギリスにのこしておいて、フランスに渡り、再び祖国には帰らなかった。

ブラムメルの賭の対手《あいて》は、ウァーテルローでナポレオンを敗北せしめたウェリントン将軍であった、とか。

このダンディの伝統は、今日も受け継がれている。

現代のギャンブラーとして、有名なのは、アラブのカリル・ベダスである。多数の銀行とホテルと、そして三つの飛行機会社を所有し、その莫大な金力は、先般逝ったアリストートル・オナシスも一歩をゆずっている。

カリル・ベダスは、気が向くままに、モナコのモンテカルロや西ドイツのバーデン・バーデンやイタリイのリドや、フランスのノルマンディのドーヴィルへ、ふらりと姿を現して、大金を賭ける。

かれは一九六二年八月に、モンテカルロの「ウィンター・カジノ」の二階にあるブルジョア専用の〝サル・ブリヴェ〟で二十万ドル勝ち、翌日、バーデン・バーデンのカジノで五万ドル勝ち、三日後、ドーヴィルのカジノで、その勝金二十五万ドルを、一ドルのこらず失い、その上、自分自身の金十万ドルもすった。その時、かれは、そのむかし、ジョージ・ブラムメルが全財産を賭けてやぶれた時のように、全く無表情で、附人にシガーへ火をつけさせると、ゆっくりと出て行った、という。

さて――。

ここまで書いて来て、私は、自分自身に対して、苦笑した。

世間には、雑誌のグラビアやテレビのブラウン管で、口をへの字に曲げて、五十余年間、たった一度も、ニコニコしたことのないような面つきをしている私が、実は、ギャンブルに関する限り、ダンディとは、およそかけはなれた男なのである。日本へ帰って来た時は、必ずすってんてんになって、しょんぼりと肩を落しているのである。

数年前、梶山季之、秋山庄太郎と、ラスベガスで、文字通り無一文になり、ホテルには、ジャンケット（宿泊・飲食・ショウ見物費をタダにしてくれるネバダ州の法律）を適用してもらい、ロスアンゼルス空港では、国内ブロックから国外ブロックへ行くバス賃もなくなった苦い経験を持っている。つまり、誰かが、百ドルぐらいは持っていると思って、梶山も秋山も私も、最後の一ドルまで、すってしまったのである。

ギャンブルは、たしかに、麻薬に似ている。特に、男にとっては、賭は、人生最高の魅力があり、これにとり憑《つ》かれると、途中で止められるものではない。

ただ一回の人生である。賭を避けて過ごすのは、いかにもつまらない、退屈な幾十年間であろう。外国の高名作家で、ギャンブルをやらなかった人物の方が、さがすのに苦労するくらいである。

ドストエフスキイは、恋人を連れて、ドイツ・フランスへやって来て、ルーレットにとり憑かれて、無一文になった挙句、恋人まで他の男にとられた。その結果が、「賭博者」という佳作となっている。

バルザックは、賭博のために借金だらけになり、その借金を返済するために、あれだけの厖大《ぼうだい》な作品を書きまくった。

勿論《もちろん》、わが日本には、カジノがないから、明治から今日まで、ルーレットやカードで、破滅した作家はいない。それにしても、日本の作家は、どうして、ギャンブルとは無縁の——つまり、賭を避けた生活をしているのであろう。

現在ならば、自由に、世界各国のカジノへ、一日か二日で、飛んで行ける。にも拘《かかわ》らず、無一文になって帰ってきた作家がいることを、ほとんどきいたことがない。六十代五十代ならいざ知らず、四十代の作家たちは、一度ぐらい、どこかのカジノで、すってんてんになり、日本へ帰れない乞食状態になってみてもよかろう、と思うが、如何《いかが》なものか。

どうせ、持ち出せる金は、制限されているのだ。ひそかに、懐中にかくしたとしても、数百万というところだろう。

作家ならば、それくらいの金で、カジノに於ける、ダンディの伝統を――カリル・ベダスあたりの賭けっぷりとその態度を観察できれば、安い取材費ではないか。

そんなことをやらないから、「人生のごくささやかな一部分を切り取った」私小説しか、書けないのである。いや、パリなどに、二三年滞在していても、帰国すると、「小説をかくのは、論文をかくのと本質的にことなり、一種の憑依《ひょうい》状態によって『感じ』の中に閉じこめられ、その『感じ』をうわ言のように書くことである」などという、その文句の通りの譫言《うわごと》めいたたわけた日記を発表し、腑抜けた、わけのわからぬ、もったいぶった小説を書いて、中性的文学青年どもを、「憑依状態」に陥れる阿呆らしい作業しか出来ないのである。

私は、ギャンブルを、この稿で奨励しているわけではない。ギャンブルという麻薬と、戦うことによって、精神をきたえるのが、作家として、捷径だといっているのである。

すくなくとも、外国の芸術家で、ギャンブルに狂った挙句、全財産を失い、借金の山をつくって、自殺した人物を、私は知らない。かれらは、カジノに於て、ダンディズムの何たるかを知り、それを逆手にとって、名作佳曲をつくっている。

ダンディズムというのは、男性の特権である。女性は、これを身につけられない。

それが証拠に——。

例えば、十九世紀末の世界的に異常なまでに人気を得た女優サラ・ベルナールさえ、ギャンブルのために、いくら働いても間に合わぬくらい借財の山をつくった挙句、最後の十万フランを持って、モンテカルロへ乗り込み、たった三時間で、一文無しとなったが、かるいアクビをして立去る代りに、カジノの前のホテル・ド・パリの一室で、睡眠薬をあふって、自殺を企てている。

日本の戦国時代を調べてみると、合戦前夜は、将士から足軽にいたるまで、賭博に夢中になっている。

織田信長などは、むしろ、

「大いにやれ」

と、すすめている。

そもそも、田楽狭間に、今川義元へ奇襲を敢行したのが、大バクチであった。

博奕《ばくち》は、徳川期に入って、儒教布及のために、やくざのやるものとされて、世間一般から、しめ出された。

いよいよ、徳川幕府が倒れかかり、諸藩から、京洛へ脱出してきた勤王武士たちが、一命をすててかかった頃になって、かれらは、明日の生命がわからぬかくれ家で、博奕ばかりやりはじめた。坂本竜馬も桂小五郎も高杉晋作も、そして、幕臣側では勝海舟も山岡鉄太郎も、ひまがあれば、博奕をやっていた。

徳川幕府を倒すのも、薩長連合をやらせるのも、これは賭であった。かくれ家で丁半博奕をやることが、坂本龍馬には、プラスにこそなれ、マイナスにはならなかったのだ。

山本五十六が、無類のギャンブル・マニアであったことは、すでに衆知である。だからこそ、真珠湾攻撃という大バクチが打てたのである。

織田信長も山本五十六も、ギャンブルはプレイであることを知っていた。だからこそ、いざ生命をなげうって、家や国家に勝利をもたらす秋《とき》には、大バクチを打つことができたのである。

ギャンブルがプレイであることを知らぬ愚者だから、たかがゴルフ練習場の経営者が、二億円の借金をつくって、破滅してしまうのである。この一事が、現代日本の金万能の状況を象徴している。

プレイというものは、あくまで、「精神」を基盤としていなければならない。そのことを、ギャンブル・ツアーの連中は全く、知らぬ、愚鈍な莫迦者《ばかもの》たちであった。

私自身の趣味からいえば、目下世界第一のギャンブル王国であるラスベガスは、好きではない。

その歴史が、陰惨であり、ダンディズムとはおよそ、縁遠い。

ラスベガスに、カジノが出来たのは、一九三一年だが、これを、盛大にしたのは、アメリカでも屈指の犯罪シンジケートの幹部であるバクシー・シーゲルであり、一九四六年にラスベガスに乗り込んで来て、巨大なホテルを作り、たちまち、一日に三十万ドルの利益があがるように繁栄させたが、一年後には、ビバリイ・ヒルの情婦の家にいたかれの身体に、殺し屋の九発の弾丸がぶち込まれている。

ラスベガス隆盛の基礎をつくった男が、同じ犯罪シンジケートに殺され、そのシンジケートによって、つぎつぎと豪華ホテルつきのカジノがつくられた歴史に、私は、嫌悪感をおぼえる。

ハワード・ヒューズが、莫大な投資をして、犯罪シンジケートの経営というラスベガス・カジノの兇悪なイメージを変えようとしたのは事実だが、しかし、ハワード・ヒューズといえども、全米犯罪シンジケートを、ラスベガスから追いはらうことは不可能な模様である。

そういうカジノ王国を、私は、好まない。

うらびれたとはいえ、モンテカルロやドーヴィルの、犯罪の臭気のない、物静かなカジノこそ、ダンディがプレイをするところと思われる。

要するに——。

未だ曾《かつ》て、カジノを破滅させたギャンブラーは、一人もいないのである。

一昨年、私が、カンヌに三週間滞在して、毎晩、カジノに通った時、一人のドイツ人が、三日間で、邦貨にして七千五百万円勝って、さっとひきあげ、大層な噂になったことがあるが、一億円も勝てば、当分の間、語り草になるくらいだから、日本の中小企業者が二億円も負ければ、ラスベガスのシンジケートとしては、笑いがとまらないだろう。

私が、知る限りでは、私がカンヌで通ったカジノ〝バーム・ビーチ〟に、十七八年前、アメリカの映画会社ワーナー・ブラザースの四兄弟の末弟ジャック・L・ワーナーが、三人の支配人とともに乗り込んで、一夜にして、三億四千万フラン（約二十億四千万円）を勝ったのが最高である。〝バーム・ビーチ〟は、フォーサイスの「ジャッカルの日」で、殺し屋ジャッカルが宿泊したカンヌ最高のホテル・マジェステックの持主の経営であり、かれは、途方もないブルジョアであるが、さすがに、二十億もしてやられては、すべてのルーレット台に、黒いカバーをかぶせて、クローズせざるを得なかったらしい。

しかし、そのジャック・L・ワーナーも、翌夜、モンテカルロでは、バカラ（日本のオイチョカブに似て、9が最高のギャンブル）では、その大金を、あっという間に、失ってしまっている。

カジノで、大金をもうけて帰ろうと考えるのが、そもそも、考えちがいである。勝っても負けても、かるいあくびをして、席を立つプレイなのである。

ひとつの皮肉なエピソードがある。

どこのカジノでの出来事であったか知らぬ。

一人の八十歳あまりの老人が、ルーレット台に就いて、最初は、ごくわずかな金で、14の数字へ、単一数字賭けをはじめた。

老人が、まず最初に、十フランのチップを置いたとしよう。象牙の玉は、つづけて、三回14に落ちた。すなわち、老人は、数分間で、十フランを、千フランにしたのである。

老人は、係員《クルーピエ》に向って、百フランチップを、ずうっとつづけて、14に張ってくれ、とたのんでおいて、首をたれて、どうやら、なかば睡《ねむ》ったようであった。

その夜は、どうしたことか、ルーレットのホイールをまわす係員《クルーピエ》が、幾人交替しても、たてつづけに、14にばかり玉は落ち、老人の前のチップは、おそるべき莫大な金額となった。

老人は、依然として、顔を伏せたなり、微動もしなかった。

ついに、老人の前には、百万フラン以上のチップスが山積みとなった。

係員《クルーピエ》の一人が、ふと気がついて、老人の肩へ手をかけて、呼んでみた。とたんに、老人は、椅子から床へ倒れ落ちた。老人は、いつの間にか、死んでいたのである。

老人が、何時頃——つまり、どれくらい勝った頃、事切れたか、それが問題となった。生きているあいだは、14に賭けつづけるのは、老人の意志であったが、死んだ瞬間から、その意志は喪《うしな》われて、金は、勝手に増えただけである。

カジノと遺族との争いになり、裁判沙汰になった由だが、その結果がどうなったか私は知らない。

ギャンブルとは、そういうものであり、あるいは、そのまま、つづけていれば、死んだ老人は、無一文になっていたかも知れぬ。

いまは、オイル・ダラーを持った中東の王子たちが、世界中のカジノで、湯水のごとく使っているそうな。

ところが、こんどの奥田某が連れて行ったギャンブル・ツアーの連中は、オイル・ダラーを持って行ったわけではない。

カジノで一千万円を失うのなら、一千万円の現金を持参しなければならない。借金をして帰って来て、あわてふためいて、行方不明になったりするていたらくは、愚の骨頂である。

プレイは、スリルを愉しむことであり、たとい大損しても、プレイしていた間の愉しさに支払ったのである。

現代の日本が「精神」を置き去りにした金万能主義になった愚劣なあさましい姿を、ギャンブル・ツアーの連中は、われわれに、まざまざと見せつけてくれた。私などから眺めれば、まことに滑稽な道化師であり、ラスベガスで躍起になって踊った姿に、同情の余地はない。

勿論、かれらにそんな莫大な借金をつくらせた奥田某に、味方するつもりは毛頭ないが、借金はあくまで借金である。マフィアに消されることが怖ければ、死にもの狂いに働いて、返済するがよかろう。

死にもの狂いに働いて、バクチの金を返済するありさまも、現代の日本人を象徴する一現象なのである。

世界一けんらん豪華な手ホンビキ博奕《ばくち》（抄）

青山光二

カッコいい博奕会社渉外係

公営ギャンブルのノミ屋や野球トバクも、明らかに賭博行為だが、博徒はやはり、ほんらいの職能である博奕《ばくち》に精を出さねばならぬ、というわけなのかどうか、賭場を開帳して、伝統的な博奕の勝負に明け暮れている博徒も、あとを絶たないのである。

近代経営の博奕会社というのもある。渉外係というのがいて、これはたいてい、人あたりのいい青年がやる。仕立てのいい背広を着て、丸の内あたりのオフィス街を遊《ゆう》弋《よく》している。博奕に気ごころのありそうな高級サラリーマンに目をつけると、言葉たくみに近づき、徐々に付合いを深めていく。部長さん、おもしろいところがあるんですよ、と誘いかけるまでに三カ月から半年ぐらいの時間をかける。いわばセールスマンだが、保険の外交員などよりはだいぶモトをかけるようだ。モトをかけても、テキを本番の博奕場まで誘いこめば、会社としては、引き合ってあまりがあるわけだ。

時機が熟して、じゃ行ってみるかということになると、渉外係は客を車に乗せ、ぐるぐる廻り道をしたあげく、東京のどまんなかの屋敷町にある秘密の場所まで運ぶ。そして、待ちかまえている現場の接待係に客を渡すのである。渡したら、渉外係は後へ引く。それっきり、二度と客と顔を合わすことはないのだ。

接待係は、スカッチなどを出して、丁重に客をもてなしてから、賭場へ案内する。賭場の入口で、客を出方《でかた》に渡す。賭場には専属のベテラン胴師が盆を主宰していて、ケンランたる博奕の世界が客を待っているという仕組みだ。——完全な分業になっているところが、この博奕会社のミソである。

チャチな関東、豪奢な関西

それでは、どのような場所で博奕は開帳されているのだろうか。

警視庁お膝元の東京と、西へ下った関西とでは、話がだいぶ違う。ほんとうのバクチ場というのは関西にあるので、東京では、本式の開帳というと遠出《とおで》になる。熱海、箱根、伊東……。都内で、そう大きな賭場が開帳されることはない。盛り場のウラの旅館の二階などで、ひところさかんに行なわれたのは、チョボイチというかんたんな博奕だ。

大きな目紙を線で六つに区切って、一から六までの数字を書き入れておく。そのまわりに坐って、六つのうち、どれかの数字に現金を張るのだ。胴元がサイコロを振り、出た目に当たった者が勝ち。サイコロを一個用いるのと三個用いるのと、二つの方法がある。前者がチョボイチ、後者がキツネチョボイチ、略してキツネである。

これは、ほんらいは旦那衆のやる博奕ではない。沖仲仕や土方がやるものだが、かんたんで勝負が早いので、はやったらしい。

一つには、この博奕はテラ師（主宰の博徒）がひどくもうかる。というのは、テラ銭にきまった率がなく、つかみどりが常識だからだ。胴元の手もとへあがってくる金から、つかみどりでテラ銭を取っていいことになっているのだから、いい客さえあつめてくれれば、一ト晩に百万円ぐらいはらくに稼げる。

正式の博奕なら、原則としてテラ銭は胴元のあがりの二割、これを入れる箱をテラ箱といっている。ほんらいは、カギがかかるようにできているべきものである。

博奕というものは、ほんらいは、縄張りのなかでしかできないことになっている。地図のあるところ、必ず博徒の縄張りというものがあるのだ。縄張りのなかにあちこちバクチ場ができると、そこには一つずつテラ箱というものがある。勝負の都度、胴元の脇にひかえた合力《ごうりき》が、テラを切って、ぱっとほうり込んでおく。テラ箱にはカギがかかっていて、カギは縄張りの親分が持っている。翌朝、親分のところの若い衆がテラ箱をあつめてあるくのだ。これが親分のあがりになる。というのが昔の博徒の営業方式であり、しきたりだった。お寺で開帳することが多かったので、庫裏《くり》の借り賃としてテラ銭を払っていたのだろう。開帳ということばも、お寺に縁が深そうだ。後世ではテラ銭は親分のものとなり、〝テラ取り〟とか〝テラ師〟ということばが生まれた。チョボイチでは、このテラがつかみ取りであり、ほかにもブタハンとか、乱暴な博奕があるようだ。

つかみ取りといっても、むろん、無制限に取るわけではあるまい。目分量で一、二割程度というところだろう。

東京では、チョボイチでなければアトサキ（バッタともいう）であり、博奕の中の博奕といわれるホンビキが開帳されることは、まずないといっていい。

世界に冠たる豪華なゲーム

ホンビキ博奕には、サイ・ホンビキと手ホンビキがある。胴師がサイコロを使うのをサイ・ホンビキ、特殊な引札を使うのを手ホンビキ（関西では、通常、手ェホンビキと発音する）とよぶのであるが、サイ・ホンビキの胴師は丁半とおなじコツでつとまるけれども、手ホンビキの胴師の技術となると、五年や六年の訓練で身に着くていのものではない。げんに東京には、手ホンビキの胴師がつとまる博徒は一人もいないのではあるまいか。これが、東京で手ホンビキの行なわれない第一の理由である。ぜひとも手ホンビキの勝負を開帳しようというときには、関西から胴師を連れてこなければならない。するとそれが呼びものになって客があつまるというほどのものである。

ホンビキは、もともと、関西に発祥した賭博方法のようで、そのルールはきわめて複雑であり、バッタや丁半とは比較にならないのだが、引札も張札も、いっさい花札を用いず、一から六までの数字をあらわす、それぞれ六枚の特殊な札を使用するのが、その特色の一つである。

関東の賭場でホンビキの勝負をする場合は、ホンビキ札の代用として花札を使用する（一月から六月までの月数の花札を、一から六の張札に当てる）ことが多いそうだが、関西の賭場では、いまでも、ホンビキの勝負に花札は使用しない。

ホンビキのルールはきわめて複雑だと書いたが、ルールも複雑だが、殊に手ホンビキの勝負くらい、胴師に、高度の技術と修練と経験の要求される博奕は、世界中さがしても他にないのではあるまいか。

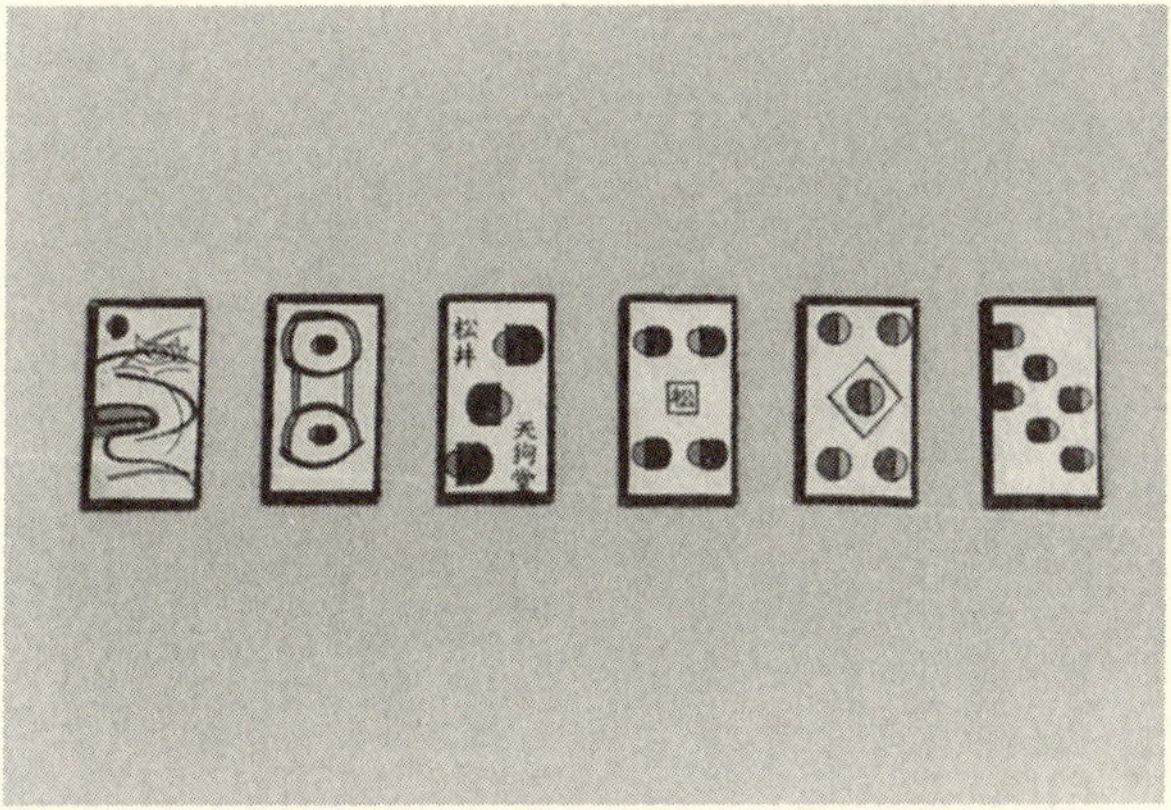

引きふだ

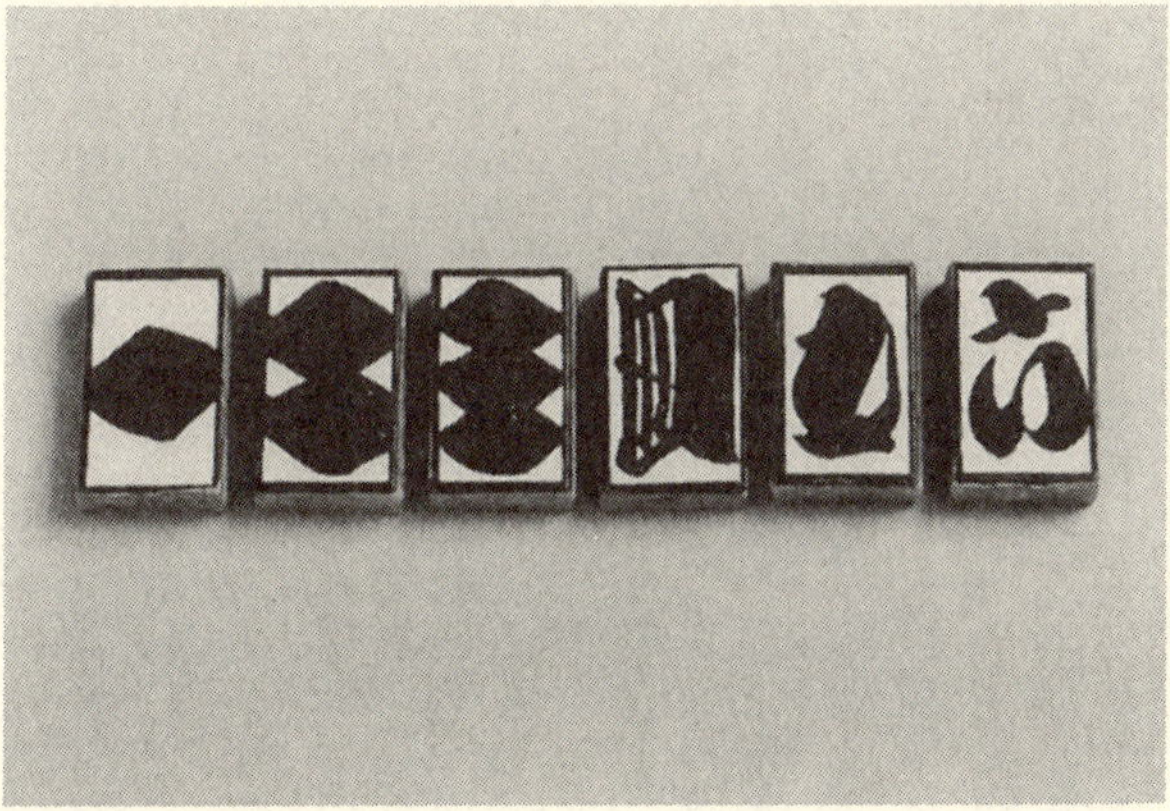
モクふだ

げんざい、熟練した手ホンビキの胴師が全国に何にんいるのか、おそらく、多く見て二、三十人ではないかと思うのだが、片手の掌の中で六枚の引札を意のままに繰りわけるワザは、見るもあざやかで、実に神技というにふさわしいのだ。

このような練達の胴師は、さらに数年後には絶滅するのではないかと危惧されるが、こういう無形文化財（博奕も文化の一端である）にも値する〝黄金の腕〟を、ハイ・スピードのカメラで撮影しておきたいものだと、かねがねわたしは念願している。

ホンビキ札による本格的な手ホンビキ賭博を映画の中に取り入れた例は、わたしの原作の松竹映画『悪魔の顔』がさいしょである。

その後、今東光氏原作の大映作品『悪名』の一場面などにも手ホンビキが登場したが、以上二作とも、まんぞくな博奕場面とはいえなかった。が、それ以後、東映や日活の任侠映画に手ホンビキ場面がしきりにあらわれるようになり、江波杏子の女賭博師シリーズや、藤純子の『緋牡丹博徒』の大当たりも手伝って、スクリーンの上で、手ホンビキという博奕は、すっかり大衆におなじみとなった。それらの開帳シーンは、玄人の演技指導も得て、しだいに手のこんだ、リアリスティックなものとなっていった。ひところの東映作品などの博奕場面には、現実の手ホンビキの賭場をそのまま撮影したかのように、迫真的な演出の凝らされているものがあった。

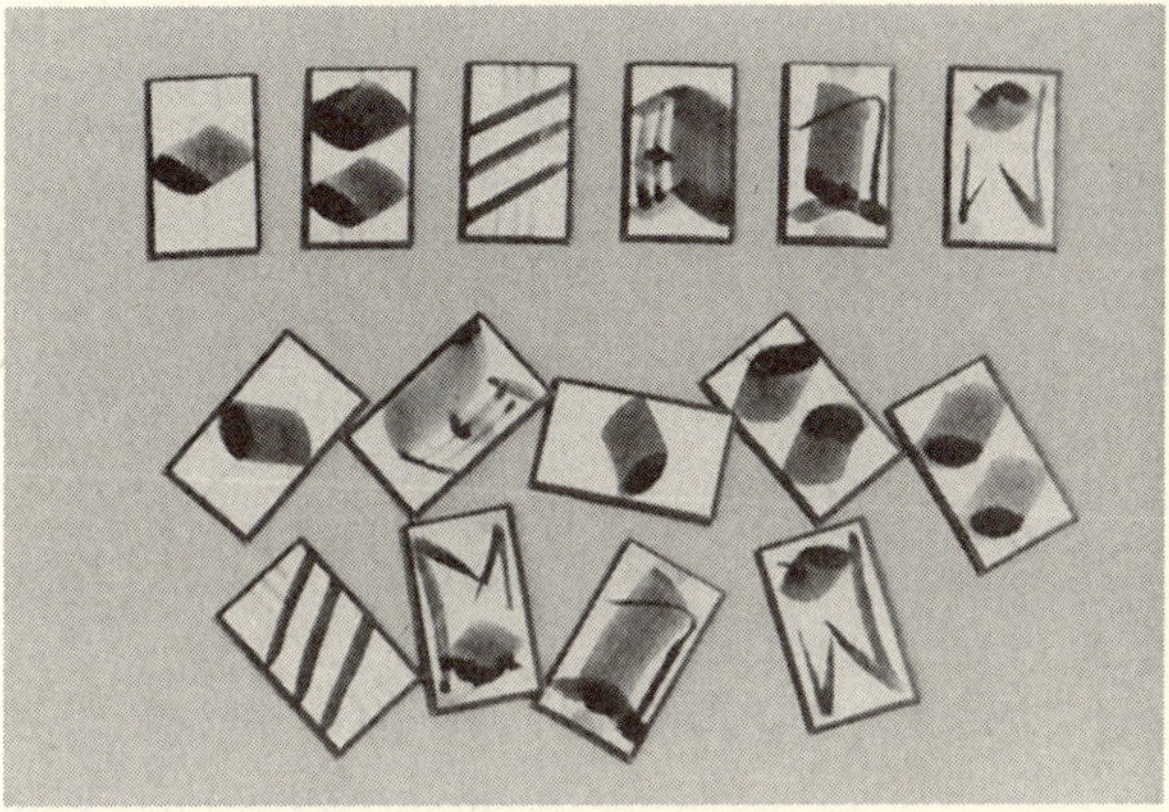

張りふだ

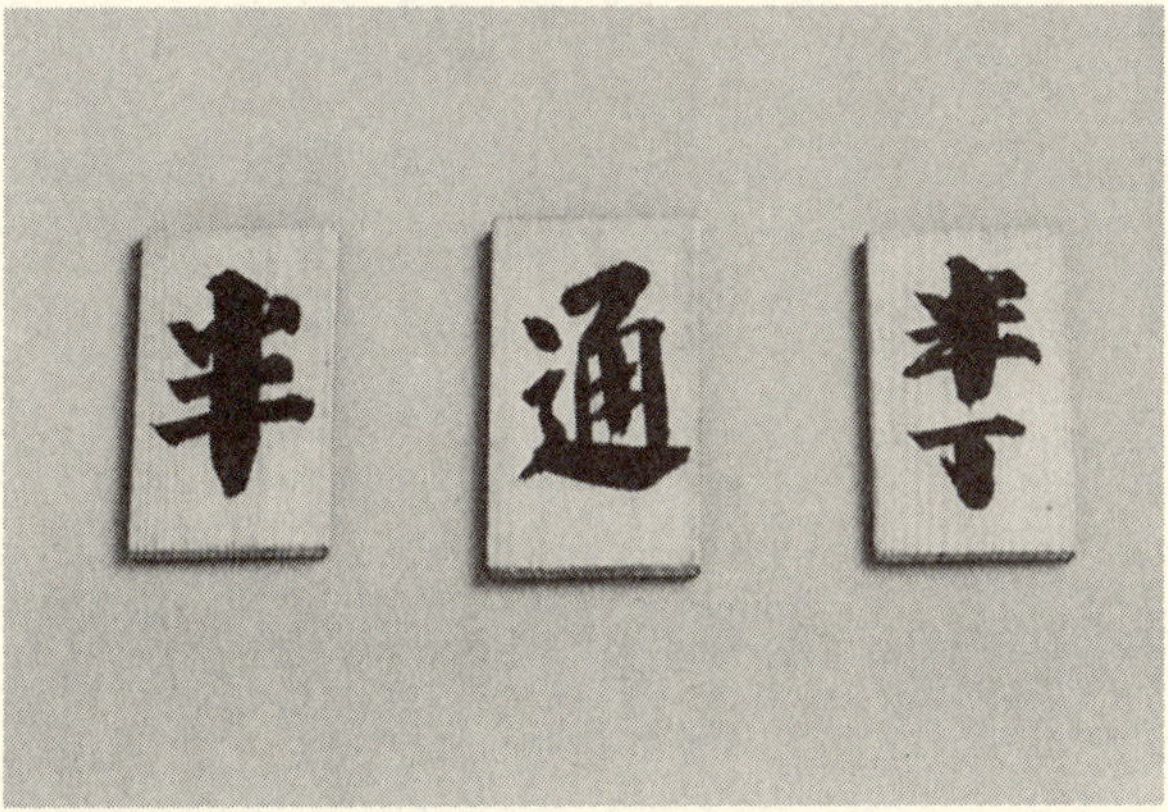

通りふだ・半丁ふだ

わが国博奕道の精華であり、世界に冠たる複雑けんらんまた豪華なゲームである手ホンビキは、以上のように映画の場面にはしばしばあらわれるが、現実には、少なくとも関東では、ほとんど開帳されることがない。しかし関西では、大小の賭場で、きのうも今日も、手ホンビキの勝負がたたかわされているのである。京阪神あたりでは、博奕といえば手ホンビキと考えていいくらいだ。

サイ・ホンビキというのは、手ホンビキの胴師が間にあわないときとか、女博徒が胴を引く場合に行なう勝負で、いわばツナギである。女性には、体力的に手ホンビキの胴師はつとまらない。ホンビキの勝負は通常二時間、これを一本というが、精根をからし、体力の限りをつくす一本の勝負は、男でなければとうてい持続できないとされているのだ。江波杏子の女賭博師もの（実をいうと、その第一作『女の賭場』はわたしの原案によるものだが——）はヒットしたけれども、映画のような、手ホンビキの女胴師というものは現実には存在しないのである。

手本引きに取り憑かれて

安部譲二

手本引きという博奕は、それは面白くてエキサイティングで、永年、勝負に浸って過した僕でも、こんなに面白い競技種目は他に知りません。

強いて言えば、競輪ぐらいのものでしょう。手本引きの面白さに対抗できるのは……。

僅か6種類の数当てなのですが、親の胴師が6枚の札からどれを選ぶか、子のガワは、その度に想いを凝らします。

当てられれば親は潰れてしまうので、胴師はガワの裏をかこうとするのです。

虚々実々というのを通り越して、その闘いはほとんど玄妙と言えるようなことでした。

日本航空をクビになって街に戻った僕は、この手本引きに痺れてのめり込んでしまったのです。

本当に、こんな面白い博奕を僕は知りません。

ガワで胴師の選んだ札を推理して、ぶち当てた時の快感は、とても僕の筆では描けないほど強烈でした。

強烈というよりも、鮮烈というべきかもしれません。

ガワの張り方には、大きく分けて4種あります。

一枚の札でピタリと当てるスイチ。

二枚張りで当てるのがケッタツ。

三枚張りには、当れば配当率がいいヤマポンなんていうのもありました。

四枚張りは、「カルタは4枚」という格言があったように、これはスタンダードな張り方なのです。

胴師は6枚の手札からどれか1枚を選ぶのですから、スイチで当るのは6分の1の確率でした。

このスイチで見事に当てると、張った金に4・5倍の配当がつきます。

つまり、胴師が5の札を選んだのを、1枚張りのスイチで的中すると、張ってあった10万円に配当が45万円ついて、55万円になって戻るのでした。

本当は6分の1の確率ですから、5倍ついて60万円になって戻らなければいけませんが、この5万円だけ親が有利になるように決めてあるのです。

このスイチに限らず、どんな張り方でも、ガワより胴師が僅かに有利にしてあるのは、盆屋という博奕の主催者が、胴師からテラ銭を取るからでした。ガワはいくら儲けても、テラ銭は払わなくてもいいのです。

手本引きは、当った時のガワの配当がとても難かしくて、これを覚えるだけで大変でした。

張った金の置き方や、それに張り札の角度で配当率が変るのですから、これはちょっとやそっとのことでは覚えられません。

胴師の左右には関東のバッタ撒きの盆のように、合力と呼ばれる男がいて盆を取仕切るのですが、ガワの当った時に配当を計算してつけるのも、この合力の大事な役目でした。

計算といっても、電卓なんて使ってはいられません。

当った目と、張ってある札の枚数や金の位置を見て、ほとんど瞬間的に配当金をつけるのです。

合力の熟練は、これは見なければとても僕の筆では書き表せないほどの、無形文化財か神技のようなことでした。

これがモタモタしていたのでは、手本引きになりません。当ったガワにはパッパと配当をつけて、

「さ、入って……」

と、胴師に声をかけなければ、次の一番が始まらないのです。

合力の腕の善し悪しで、盆のスピードは速くも遅くもなりますから、テラ銭の上りにも大きく響きます。

長谷部の繁さんというベテランの合力がいました。

僕が28歳だった昭和40年に、繁さんは55歳でしたから、御丈夫だと今年で84歳になるはずです。

昭和40年の秋の盆で、僕が胴師をつとめて、うまく勝負どころでガワの予想外の札を選び、見事に胴が立ったら、(胴が数倍に増えて勝つこと)その後で別室でひと休みしていたところへ、繁さんがやって来ると、

「ナオちゃんと同い歳の娘が、初孫を産んだんで、俺もその途端に、お祖父さんになっちまった」

と言いました。

繁さんは若い時から手本引きの盆で、胴師もガワもせずに合力一本でやって来たと言って、僕を驚かせたのです。

合力が盆の主催者である貸元からもらう給金は、その当時で、腕のいい男でも1万円はなかなかもらえなかったでしょう。

せいぜいが5000円とか、そんな金額だったのに違いありません。

繁さんは盆で合力をつとめるだけで、他のことはなにもしないで男の子をふたりと、その初孫を産んだ娘を育てたのだと言って、

「子供は3人共、大学まで出したんだよ」

と嬉しそうに言ったのですから、これは大したものでした。

胴の立った胴師は、合力に祝儀を包むのが習慣で、これが大きかったのだと繁さんは言いました。

大ギリと呼ばれる胴の金額が巨きい大勝負では、胴が立てば儲けも大きいので、合力がいただく祝儀も10万なんてことがザラだったと、その時、繁さんは言ったのです。

この僕の文章が、繁さんのお子さんやお孫さんの目に留るかもしれません。

長谷部の繁さんは、僕の知る限り一番、胴師が信頼して胴を引くのに専念出来る合力でした。

繁さんのような合力のかわりに、変な奴が坐ると胴師は、札を選ぶのに没頭出来ません。

ガワとつるんで、配当を余計につけて知らん顔をする奴もいたのですから、こんなのが合力だと胴師は堪ったものではありません。

僕は昭和40年から50年までの10年間、この手本引きに痺れて過しました。

頃合の盆が出来ると聴けば、新幹線にでも飛行機にでも乗って、どこにでも出掛けて行ったのです。

ガワを好むか胴師を好むかは、性格的なもので、僕は胴を引くのが好きでした。

飯を喰べていても、ボンヤリ寝そべっていても、手本引きのことばかり考えていました。

まるで手本引きに魅せられてしまったか、そうでもなければ恋にでも陥ちたような状態です。

「初ナ（胴師が最初に選ぶ札のこと）を6と引いて、イイツナ（胴師が儲かったらという意味）だったら、もう一度6のネ（同じ札を続けて出すこと）と引く。

そして次は4から2、そして1、5と変って、また1を引く。たいていこの1で勝負がつくだろう。いきなりネの6とやったから、ガワの奴はネの札をどうしても見切れずに、配当率の悪いところにでも置いておかなければいけない」と、そんなことを絶えず考えていたのでした。

足を洗って23年経った今でも、手本引きの夢を見ます。胴が立って内心得意満面で、繁さんに祝儀を抛っているなんて、そんな威勢のいい夢ではありません。

背の裏に手をまわして、片手で繰っていた6枚のコデン（親の手札のこと）が、どうしたことか爪で押しても引いても固くくっついてしまって、どうしても繰れないのです。

ガワは物凄いニラミで、ジッと正面から僕の顔を睨み据えていました。

切羽詰ったら額から汗が湧いて来て、僕は汗まみれになって眼を醒します。

カミシタと呼ばれる日本手拭の中に、親の選んだ札が挟んであって、胴師の膝の前あたりに置いてあるのですが、ガワが張り終って合力が「勝負」と声を掛けると、胴師は静かにカミシタを開けるのです。

その前に、「今度はこの数を出した」と、前に並べてある6枚の木札で、カミシタの中の札を前発表し、出鱈目に札を繰ってなんでも出せばいいのではなく、親はチャンと自分の選んだ札がなんだか、知っていなければいけませんでした。

僕は合力の「勝負ッ」と叫んだのを聴くと、右手の指を伸して6枚の木札の中から、4の札を選んで一番右側に置きました。

ガワが「ウーム」と意外そうな声をあげたのを聴きながら、カミシタを開きます。

なんと、中の札は前発表した4ではなくて、5でした。

これは、4と5の両方が当りになるので、これをやるとほぼ胴は潰れて吹っ飛んでしまう致命的なミスなのです。

こんな時も眼が醒めた時は、全身汗まみれなのですから、やめて23年も経ってからこんな夢にうなされたのでは、とても堪ったものではありません。

非合法な博奕をした罪は、バレる度に有罪判決を喰らって償っています。

それなのにこんな悪夢に苦しめられるのですから、これは本当にもう堪りません。

と、そんなことはさておき……。

前に坐ったガワが、胴師を正面からジッと睨むのをニラミと言います。

こうしていると、胴師の自分でも気がつかない癖が分ることがあるのです。

こんなことは、プロ野球の投手にもあって、カーヴを投げる時は右腕の肘の折れ方が、ストレートの時とは違うようだと、相手のチームに知られてしまえば、ポコンポコンに打たれてしまいます。

だからプロ野球の投手は、同じ投球フォームでいろんな球種を投げられるように、練習するのですが、手本引きの胴師も同じでした。

胴師の自分でも気がついていない癖を、キズといいます。

どんなことでも、このキズをガワに知られてしまったら、もうその胴師の胴は決して立ちません。

僕も意外なところで大銭《たいせん》を狙いぶたれて、驚いたことがありますが、あんなことは、ガワがなにかキズを見て張ったのに違いないと思っています。

「安部は、ネを引く時は、膝についている左の手の指に、力が入る」

なんて、そんなキズを見つけられたら、ネを引く度に嫌というほど張りつけられるので、これはもう胴師としては致命的でした。

関西の博徒の一家では、跡目相続の時に、全国の主な胴師のキズが書いてある「キズ帳」というものを、隠居する親分が跡目に渡すと聴きました。

5年ほど前に上方の博徒一家の跡目を、僕の兄弟分同様の男が継いだので、早速、電話を掛けたのです。

「オイ、キズ帳に俺のキズ、なんて書いてあった？」

もう堅気で胴を引くこともないから、自分のキズが知りたいのだと僕が言うと、跡

目はゲラゲラ笑って、

「ウチのキズ帳は、全国でベスト30しか書いてないんだよ。ナオちゃんは31番目だろ」

なんて言いました。

昭和56年に足を洗った僕は、試行錯誤を繰返したのですが、その時に奨められて8ヵ月ほど、配管工に見習をしたので、掌に固い豆が出来てしまったのです。

これでは片手を背中にまわして札を繰る胴師は、札が滑らないので出来ません。

今では博奕の神様が、もう二度と手本引きの胴師が出来ないように、なさったことだと思っています。

「面白いものは、外の競輪、内の手本引き」

というのが、亡くなった阿佐田哲也先生に褒めていただいた、僕の創った言葉です。

チンチロリン

色川武大

一

『本の雑誌』という最初ミニコミ雑誌のような感じだったが、なかなかクダけて面白く、現在は相当部数に伸びたという噂の雑誌がある。

大分以前だが、その雑誌に、〝チンチロリン小説よ、出てこい〟というような趣旨の軽文章がのっていた。麻雀、競馬、競輪、ホンビキ、とギャンブル小説はいろいろあるのに、チンチロリン小説がないのはおかしい、と記してある。

まァ、そうだけれども、なかなかむずかしい事情もある。ギャンブル小説というと麻雀と競馬に材をとったものが圧倒的に多いが、その第一の理由は、その遊び方、おおよその約束事が広く一般に知られていて、余分な説明はいらないからである。

いくら面白くても、ギャンブルの場面でいちいちルールを説明したりしていては、暑苦しくてとても読めない。説明抜きで複雑なしのぎを記せるような種目でないと、娯楽読物としての造りがむずかしいのである。

私の麻雀放浪記は、チンチロリンの場面が導入部になっていて、それは『本の雑誌』の軽文章でも言及してくれているのだが、親がサイコロを五回振り直していいことになっている。

麻雀が一チャン制から半チャン制になったように、チンチロリンのルールも日毎にスピード化、単純化されていて、現在はほとんどが三回振りになった。

三回振りにほとんどがなったのは、ついこの十年か十五年のことだと思う。麻雀放浪記は戦後が舞台なので、旧いルールにしてあるわけである。

今はサラリーマンから学生まで、誰でもやる遊びになったが、もともとは私の子供の頃、昭和十年代にもう特殊な人たちはやっていた。中国産のゲームで、四五六をスーウンロウ、一二三をヤンギイサンといっていたと思う。

その頃はチンチロリンといわずに、スーウンロウという名称の遊びだった。太平洋戦争で捕虜になった日本兵からアメリカ兵に伝わり、そこで爆発的に流行して、敗戦直後、進駐軍から逆輸入された、という説がある。

けれども、空襲の頃も、やっていたな。

サイコロや花フダの古来からの種目にイカサマがばっこしだして、客の信用が下落しつつあった。その折りに、ツルツルのドンブリにサイコロを投げ入れるのなら、これは仕かけがあるまい、というので徐々に流行していったのだと思う。

本式に定盆などでやるやつは、廻り胴で、ホンビキなどと同じように定額の胴前を出してやる。サラリーマンのやっている手軽なのと少しちがうと思う。

嘘か本当か知らないが、関西のさる親分がチンチロリン用のグラサイ（仕かけのあるサイコロ）の開発を発明家に依頼した。多額の金を使って、やっと出来あがり、親分は喜び勇んで客を招き、打ち合せた目に自分も振った。

サイコロは磁石の応用で、それはいいが、ツルツルの丼におとすと同時に、途中でクチャッと二個がくっついてそのまま廻ってしまったという。

二

ギャンブルの他の種目については、入門書やセオリー書があるのに、チンチロリンが、これほど流行していながら、セオリーを記す者が居ないのはけしからん――。

『本の雑誌』所載の軽文章の筆者（題名もお名前も失念していて申しわけないが）は

そう記していたと思う。

そういえばそんなものだけれども、ばくち事の戦略などというものは、手品のネタと同じで、こういうところに発表してしまえば、すぐにそれは常識化してしまって自分だけの武器とはならない。結局、発表された戦略にどれだけ自分が開発した知恵を上乗せさせていけるか、というところがポイントになってくる。

だから、公表されたセオリーを覚えて実行してみたとて、すぐ勝てるというものではないのである。

すこしきついことをいうと、ばくちというものは、人に教わるものじゃないんですな。自分でしのぎを考えて、それで他人の盲点を突いていく。他人が意識し、実行していることより半歩でも一歩でも先に出る。これでなければどんないい知恵だって極め手にはならない。

今は、いろいろな種目で先達のような顔をした者がいて、活字のうえでも実地でも、コーチをしてくれる。近頃の人はそれに慣れているから、自分で考えるということをしなくなったね。

私たちの若い頃は、セオリーを教えてくれる者なんか皆無だった。皆、授業料（負け金）を払って、経験でひとつひとつ原則を身につけ、その先の知恵を働かせていったものだ。たまに、友達顔をして、あれやこれや教えてくれる人が居るが、まず大体は含むところがあるので、うっかり信用していると、うまく誘導されてカモになってしまう。

その人の教えてくれたセオリーを実行していると、その裏をかかれて負ける。文句をいったって駄目なので、もともと勝負事というものはそういうものなのである。

私だってそうですよ。戦略を記しても、けっして読者のために無私のサービスをしているわけではない。すべての戦略には裏があり、またその裏がある。手品師のように、ネタをバラす顔つきで戦略を記しながら、それは同時に、その裏のトリックの効果として使っているのである。

ばくちはどこまでいっても、どんな相手とでも、五分の間柄で打つ。先輩も後輩もない。教えたり教わったりもない。それが相手を尊重するということだ。

まァ、そういった前提の上に立って、これから少しばかりチンチロリンの戦い方を記してみたいと思う。

といっても、文句なしの必勝法ではない。アベレージをあげるための基本にすぎない。

「どうすれば、勝てるんでしょうか――」

という質問をよく見知らぬ人から受けるが、これほど虫のいい質問はないので、ほとんど答えようがないが、しかし、私流に答えるとすれば、

「勝つにはツキの力が絶対に必要である。ツイているときだけおやりなさい――」

ということになる。

三

「ツイているときだけやりなさい――」

という答は、しかし、かなり正確で重要な答え方なのである。

ツルツルの丼にサイを落すだけの遊びだから、偶発性が高い。こういう種目はすべて、〝運〟ということを度外視しては、どんな考えも絵に描いた餅である。いかにセオリーに忠実にやっても、ある程度、目が出てくれなければなんにもならないのだ。

では、セオリーは無も同然か。

そう短絡になってはいけない。こういう勝負事の要点は、〝運〟といかに親密に交際していくか、である。

第一に、運の生かしかた。第二に、運の量りかた。

この二つに関する知恵を押し進めていくこと、これがセオリーになるのである。

麻雀放浪記青春篇の出だしの部分は、チンチロリンである。この場面に散らしてあるセオリーを箇条書きにあげてみようか。

記述の順に沿うて記すと、まず第一に、ツキに乗った親が居て、カキ目（総どり）が続く。とられた子が弱気になって見《けん》をすると、親の目がわるい。親はいつかは目無しで落ちるはずだが、ツキ目の親はいい条件のときに被害僅少で落ちる。落ち目の親はこの逆に、子が張りこんだときに悪い目が出る。では、落ち目の子が見のときこそ親に勝負のときではないか。

落ち目の人の逆をいくこと、という場面である。

次に五ピンという言葉が出てくる。六なら総どりであるから、五は目勝負としては最高である。その五で、子たちに平均して勝てないときがある。子たちの目も皆よいときで、親の運気としては、衰運のときである。だから俗に五貧乏、次は親潰しに行け、という。

逆に弱い二の目あたりで、子にしのぎ勝つ親も居る。上州虎は五貧乏で、しかし屈せず次の子の張りを皆受けて、やはり失敗する。

ま、しかし、サイの目は理屈に沿っているわけではない。五貧乏で、次にまた強い目を出す親も居る。こういうときは、親の運気が上下の波を上廻っているので、そのあとは総じて強い。

野球でもピンチをしのぎ切るとチャンスを迎えるというだろう。

次は坊や哲やドサ健の居る場面である。

坊や哲は目の流れを観察していて、自分なりの方法論を持とうとする。

何人か居る子のうち、小張りに勝ち、大張りに負け、綜合で足を出すような親は、次局、やはり衰運である。またカタ（上家）の子に勝っても、ラス家の子にいい目を出されて負けたときの親は次局の親目に微妙に影響するように思える。

これらは、総体的な傾向であって、例外はある。いつもこういけば誰も苦労はしない。ただし、麻雀放浪記に記さなかったこの部分のセオリーをひとつだけ加える。

四、五人居る子の一人が、連続していい目を出し、いわゆるバットが振り切れた状態のときには、他の子は大勝負を控えるべきだ。どうしても主役と脇役ができる。自分が主役になったときまで自重するのである。

四

前回、第一、運の生かし方、第二、運の量り方、と記した。

前回に記した例は運の量り方に関する項目である。くりかえすが、サイの目は偶発的なもので、運の公式もあるわけではない。しかし相対的な傾向というものがやはりあるので、セオリーは、そういう特長をさまざまに掬いとっていく。不完全なものではあるが、それを少しずつ完全に近いものにしていくより仕方がないのである。

もう少し、麻雀放浪記のチンチロリンの場面に沿って見よう。

ドサ健はこういう。

「相手の気合を受ける手はねえよ――」

これは、運の量り方とはちがうが、技術以外のものに対する処し方のひとつとして、やはり大きな教訓である。

それから一カキ二ビンという言葉が出てくる。これも五ビンと同じく専門語で、ツイていない者の定型の一つ。

新親で最初の勝負は、総じて子が張りを押さえる。極度に落ちている親の場合は別だが、普通、最初は様子を見、とられたら、次に倍張る手がある。初っぱなに大張りに行くとしくじった場合、戻しに苦労する。

で、ツイていない親は、最初、一回は勝つ。次に張りが大きくなったところで負ける。一はカキ目で、二の矢で貧乏するということだ。二の矢をしのぐと、三の矢はますます張りが大きくなる。で、そこで親が悪い目になる。ツイていない親に向うときは、だから子も気楽である。

さて、しかし、こういうセオリーは基本の基本であって、放浪記の中でドサ健は、

「今夜の皆の出目をそっくり覚えてるぞ」

というけれど、今日この遊びをやりなれている人なら、Aは一カキ二ビン、Bは初回に張りこむ、Cはツキ目で控え目に張る、などと各相手に対する大体の対応策をたててやっているはずである。

しかも、ツキの具合は風向きと同じで、絶えず揺れ動いており、刻一刻の模様をつかんでいかなければならない。

そうしてまた、ツキの測定法は公式があるわけではなく、各人が自分で開発したやり方をすればよい。

私の実感でいうと、一日二十四時間を四で割って、五時間ないし六時間、これがツキの一サイクルのような気がする。むろんこれは基本であって、実際は、自分の不手際で、或いは相手の不手際や恵まれで、変動が早く来たり、伸びたり、甚だしいときには、変動期の処理如何でもう一サイクル同じ状態が続いてしまったり、ということすらあるが、とにかく、五、六時間を一単位として変動期が来るように思える。

そうして、それとはべつに、各人それぞれに小波がある。その小波をまた測定して

いくのだ。山あり谷ありだが、ツイている人は山が大きく長い。ツカない人は谷ばかり長い。大波の状況によって、小波のテンポはそれぞれちがう。

しかし、上がれば下がる、下がれば上がる、原則としてはそうなのである。

五

話が微妙になってきたところで途切れてしまったが、ツキは、上がれば下がる、下がれば上がる、これは大波である。

同じく、一回一回の目も、上がれば下がる、下がれば上がる。これは小波である。が、テンポは一人一人ちがう。一見、上がりっ放し、下がりっ放しに見えたりするが、けっしてそんなことはない。

そこに正確を期して眺めていくのである。ばくち事はすべて、認識の遊びなのだ。ツキというような、理に合わない、つかみどころのないものが相手でも、なんとかして輪郭だけでも見据えていくのである。

「――四五六のあとはたんと張れ」

という。相手が絶頂をきわめた、そのあたりが張りどころであるのは、たしかにそうなのだが、この言葉を棒のように受けとるととんだ失敗をするだろう。

山あり谷あり、その山の続き方が、相手のツキの状態によってちがう。山、山、そこから下降する場合もある。山、山、山、と続いてそこからが張り目の場合もある。山、が一度ですんでしまい次にもう一二三を出すような場合もある。そこの見極め方である。

普通は、相手（親）が山、山、山、と続いて絶頂の目を出すと、怖くて張りこめなくなるのである。そうして、相手の下降が見えてから張りこみだす。が、このときはもうおそいのだ。好調な相手であればあるほど、張りこめる時期が短い。四五六のあとはたんと張れ、はそういう教訓の言葉でもある。

けれども、相手が谷間に来ていても、自分の方も谷間であれば、これは張りこむわけにはいかない。チンチロリンでは主としてこちらが子で、親と対抗するために張り額を考えるのであるが、親が谷、こちらが山、というときがチャンスであることはいうまでもない。それには相手の運のカーブを見ると同時に自分の運のカーブも見なければならない。

これはチンチロリンばかりでなく、バカラやドボンなど、目勝負のばくちすべてに共通する要点である。双方が山と谷に別れる場合は、まだやさしい。双方が山、或いは双方が谷、このときのしのぎがむずかしいのである。

そうしてこれも大事な要点であるが、むずかしいしのぎをやることはない。最低単位を張って彼我の様子を見ていればよろしい。見《けん》をしていると自分の運の動きがわからないから、最低単位は張って、参加しているのである。

そうして、チャンスのときだけ目一杯行く。ばくちは、出る引くをはっきりさせるのが生命である。

さてまた最初に戻ろう。

ツイているときだけおやりなさい――。この言葉の中に盛られている内容がおわかりになったろうか。勝負事はなんでもそうだが、特に偶発的な要素の濃い種目は、相手と五分以上のツキで、そのツキの量以上の勝ちをもぎとるものである。

但し、誰にも大波の山や谷がある。谷に来たらひたすら姿勢を低くするよりない。親番もこんなときにゆずるべし。

ギャンブル無情

五木寛之

博奕《ばくち》というものがどうしても良くわからない。

昔はいろんなギャンブルに熱中して、これじゃ体がもたんのじゃないかと不安になることがあった。ところが、或る時期が過ぎると、これが不思議とぴたりとやらなくなってしまう。熱がさめるというか、憑《つ》きものが落ちるというか、あれほど夢中になって打ち込んでいたギャンブルが急に突然、遠い国の風景みたいに思えてくるのである。

競馬に熱をあげて、とうとう中山、下総中山の競馬場に近いアパートに住むこととなった話は、以前どこかで書いたことがある。あの頃は中山競馬だけではなく、船橋へも、また浦和あたりまでも遠征して、チビた下駄をひきずりながらスタンドとパドックの間を往復したものだ。中山競馬も、その頃はまだ今のような気違いじみた混み方はしておらず、ぼんやりと春の日を浴びながら手すりにもたれて、自分が買った馬が最後尾をトロトロ走っている姿など眺めるのは、まことにのんびりした良い気分のものではあった。

船橋では、二十円単位で馬券が買えた。もちろんスタンドに店を開いているノミ屋から買うのである。十円玉二つで一瞬の夢が買えるのだから、気持もゆとりがある。ノミ屋百円分買って全部はずれたりすると、ノミ屋が二十円の払いもどしをしてくれたりしたものだが、今はどうだろうか。

その頃、つむじ曲りで変な馬ばかり追いかけては失敗していたのだが、今でも名前を忘れない馬に、キンギョとダンサーという馬がいた。キンギョは雨に強く、ダンサーという馬はスタートで横走りして出おくれるくせがあったように憶えている。この二頭では、ついに一度もいい目に合わなかった。キタノオーとハクチカラを連勝複式で買うといった買い方に徹していれば、少なくとも稼がず負けずの線はいっていたにちがいない。

そもそも競馬をはじめて見たのは、朝鮮平安南道の平壌競馬がはじめてである。たぶん親父に連れられて母親に内緒で土曜の午後郊外の競馬場に出かけた記憶がある。たぶん昭和十六年頃ではなかったろうか。

親父は〈心理学ノート〉と表に書いた大学ノートを紫色の風呂敷に何冊も包んで、むずかしい顔をして家を出て行くのだ。そのノートが競馬新聞の切り抜きや、過去のデータで一杯になっていることを私は知っていたので、おかしくてしかたがなかった。その親父は後年、九州に引揚げてきて、療養所に入院している間も、しばしば血を吐きながらこっそり小倉競馬や久留米の競馬場に顔を出していたらしい。ベッドの下に競輪の予想新聞が四つに折り畳んでおし込んであったのを発見した時の気持は、一種の友情に似た甘酸《あまず》っぱいものだった。

私がレコード会社で働いていた頃も、競馬とはまだ縁が切れていなかった。自分の中ではすでに競馬は遠くに行ってしまっていたが、あの世界には馬が本当に好きな人が多く、また競馬に本気で打ち込んでいるディレクターほど、いい仕事もしていたような気もする。

外国でも競馬場は何度かのぞいた。馬券を買う気はしなかったが、モスクワ競馬、パリのロンシャンの競馬場、ストックホルムの競馬など、それぞれに人混みの中にまじって立っていると、外国にきたという気が一瞬だけ消えて、とても気分が休まったものだった。ギャンブル仲間は皆兄弟、といった奇妙な友情を感じたように思う。

今はほとんど馬に関心がない。わが久留米の殿様である有馬頼義氏が、昨年の有馬記念にめずらしく出馬、いや、臨席なさるというので、随行するつもりだったが、仕事の都合でそれも出来なかったのは残念だった。私は中央競馬会さし回しの車で無料入場し、スタンドの特別席の末席からゴキゲンヨウ満場のプロレタリア諸君！　と、手を振ってみたかったのである。

麻雀は、これも偉そうなことを書ける立場ではない。先日の文壇麻雀大会では、見事にブービー賞を獲得し、或る作家をして、「才能は無いが運のいい奴」と嘆ぜしめた腕前であるから、およそ見当はつきそうだ。この大会ではやはりちゃんと勝つべき人は勝っており、麻雀は運じゃないという感じを深くしたものだった。

しかし、いつの頃からか、麻雀を打っていて、熱中しなくなってしまったような気がする。熱中しないから気が外に向いている。弁当は何にしようかと考えたり、一人だけひどく負けている相手がいると気になったり、煙草の煙を追い出すためにしばしば雨戸を開けに立ったりする。これではどうにも勝ちようがない。したがって、夢中になっていた頃とても決して強くはなかったが、その頃とくらべて最近は格段に弱くなったような気がする。

三年ほど前に、南回りでヨーロッパへ行った。アリタリア航空に乗ったのだが、テヘランだかアンカラだか、ともかく忘れてしまったけれども、そんな場所で飛行機が飛ばなくなってしまった。

テクニカル・リーズンでしばらく飛ばないの一点張り。こういう場合、外人というのは、何とも落着いているもので、カウンターで大声で怒鳴ったりはしない。待合室のテーブルの上でいち早くポーカーをはじめたグループがいた。三時間たって、後五、六時間はかかるとアナウンスがあった。ポーカーをやっているテーブルは見物客もまわりを取り囲んで景気がいい。どうも仲間はずれにされてるようで口惜しくてならなかったのだが、ふと思いつくとバッグの中に香港で買い込んできたゲタ・パイがはいっているではないか。下駄みたいに大きいからゲタ・パイというのかどうか、とにかくやたらとでかいパイなのである。

そのパイをテーブルに出して、あたりを眺め回すと、ネクタイをしめた商社員らしき日本人がちょうど三人、ぼさっと所在なげに坐っている。

「もしもし、麻雀のできるかたはいらっしゃいませんか」

と、私が声をかけると、三人がバネ仕掛けの人形みたいに跳ね上って、

「デキマス！　デキマス！」

相好くずして走ってきたのだから、げに日本民族はすべて麻雀の義務教育を受けて

いるんじゃないかと思われるのである。

「えー、私は日商岩井のこういう者で」

「名刺はいいから席を決めましょう。早くサイツを振って」

「ルールは？」

「自民党ですかＮＨＫですか」

「社会党ルールでいきましょう」

「よっしゃ」

たちまちガラガラとゲタ・パイをかきまぜるのだが、これががらんとした空港待合室にひびき渡るほどのにぎやかな音を立てる。

なにごとかと目引き袖引きしてポーカー見物中の外人たちが近づいてきたから、こっちもかなりいい気分だ。パイさばきも鮮かに、ポン、チイ、と大声あげて、まるでスターになった感じである。

ゲタ・パイもめずらしいらしいし、またポーカーよりもこちらの方が活気がある。さっきまで借りてきた猫みたいにおとなしかった連中が、たちまちネクタイはずし、シャツの袖まくって、ヒワイなセリフなど吐きちらしながらガラガラと高笑い。

「どうです、点数をドルで言いましょうや。どうせ遊びなんだから」

と、一人の男が言った。

「よし、それいこう」

こっちは次第に厚くなる人垣にやや上気して、国威発揚の念に燃えている。

「はい、ニゴロね。ベリー・ソーリー」

「オウ、ツウサウザンド・シックスハンドレッド・ダラー！」

「ほら、フォー・ハンドレッド・ダラー・オツリね」

まわりの外人、驚き呆れて口をポカンとあけている。エコノミック・アニマルの実力思い知ったかと四人の黄色い男どもせっせと大声で叫びつつガラガラポンと、待合室の人気を集めたものであった。馬鹿だなあ。

ラスベガスでも、モンテカルロでも不思議なことに勝ってしまった。ブラック・ジャックである。ルーレットではコペンハーゲンのチボリで穴の明いた金貨をごっそり稼いだ。これはチボリの中でしか使えない私製金貨である。思いきってディートリッヒのショウを最高の席で見た。

ラスベガスで勝ったのは、負けるのが口惜しかったからである。前に先輩からこんな話を聞いていた。

「あっちのテーブルではな、最初に投資した金をまず倍位に勝たせるんだ。それでいい気になって深入りし、やがて元も子もすってしまう。だから最初にドンとチップを買って、それが倍位になったらやめる」

「食い逃げですな」

「そう。博奕に勝つのは、これしかない」

「やってみるよ」

というわけで、最初にチップをどんと買ったのだ。そしてブラック・ジャックの台に坐った。ぽつぽつやっているうちに、本当に倍になった。札まきのお兄さんにチップを少し弾んで、ヤーメタ、とテーブルを降りる。卑怯なジャップめ、といまいましげににらみつけるのを涼しい顔で、「サンキュー・ソウ・マッチ」とニッコリ笑って手を振った。

この時は大変にもうかったのだ。こんなやり方は博奕には外道《げどう》であろう。みみっちいし、面白味がない。だが、少しエサをあたえられて、やがてずるずる深間に引き込まれるのもまた月並みではありませんか。

「意地悪じいさんだな」

と、その話を聞いた友人の一人が笑った。

「そろそろあんたも、いやがらせの年代にさしかかったらしい」

しかし、これでも勝ちは勝ちにちがいない。私はラスベガスはサンズ・ホテルの二間続きのスイートを一人で占領し、帰りには緑色の素晴らしいスーツケースと洋服バッグのセットをお土産にラスベガスを去ったのである。ビギナーズ・ラックという言葉があるんだそうだ。この場合など、それだけをつまんで逃げた感じがする。だが少なくとも、私はラスベガスに負けなかった。飛行機の窓から砂漠に咲いた花のようなギャンブル・シティを見おろしながら、

「来たり、見たり、勝ちたり！」

と、私は日本語で呟いたのである。

春、筑豊に行った。

オートバイで香春岳《かわらだけ》の中腹まで登ったのである。

ボタ山があちこち崩されて、その後にコンクリートの建物が建設中なのが傷《いた》ましい感じだった。ボタ山はすでに老いている。娼婦の陰部のような荒れた水脈が刻まれて、草がおい茂っているのも哀しかった。

飯塚でオートレース場へ行った。満員である。どうせ市がやっているのだから、自

分で自分の手足を食っているタコのような感じがあった。

しかし、飯塚のオートレース場は、とてもロマンチックで素敵な景色である。コーナーを火花を散らして滑って行く赤や青や黄色の二輪ライダーの向こうに、青空にくっきりと低いボタ山が見えた。

ヤマハやカワサキもあるが、ほとんどのライダーはトライアンフに乗っている。これも不思議な気がした。発走前に、選手達がスタンド前に配列して、ファンに一礼するのも面白かった。

「礼！」

と、誰かが号令をかけると、選手たちが一斉にペコリとおじぎをするのだ。競馬は紳士の遊びだが、オートレースはいささかちがう。生きのいい、なまなましい人間の臭いがあって、たちまち好きになってしまった。試走の時、コーナーを派手に頭を振って回って行く選手があり、ひかえ目に自信を隠して駆け抜ける選手がい、そしてそれぞれに左回りのコースに裸で取組んでいる感じがあって楽しかった。

南国の青い空と、降りそそぐ陽光と、沸き返る九州弁と、オートバイの爆音と、そしてくっきりとそびえるボタ山と、まさしく筑豊はオートレースがふさわしい土地だと思った。

こんなことを書くと叱られるに決っている。筑豊の悲惨な現実から目をそむけて、何をのんきなことを言う、と批判されるにちがいない。だが、それでも人間は生活保護を受けつつも車券や馬券を買う権利を持っていると私は思う。労働者階級も博奕をする権利があると考える。たとえそれが権力に吸いあげられるポンプであったとしても、やはりあのオートバイの爆音には心を燃やすものがあった。オートレースも難しいものである。

私は頭から流して車券を買い、全然勝てなかった。

金沢に住んでいた頃、その雰囲気が好きで、しばしば三国港の町へ出かけた。三国港は小さなひっそりとした港である。三好達治がかつて住んだ土地だし、高見順の碑もその一角にある。

三国には競艇があった。ここものんびりした気分のいい場所だった。少し歩くと東《とう》尋坊《じんぼう》で、その人混みを外れて松林の中を歩くと、とても静かで涼しい。

競艇で大もうけをしたら、帰りに芦原《あわら》温泉に寄って、はいや旅館にでも泊って、うまいカニでも食べて、と考えるだけで、決して勝てなかった。

私には本当に博奕に打ちこんで、身も心もすりへらすような、そんな激しい情熱がないのではないかと思う。勝ってもそれほどうれしいとは思わず、負けても歯がみして口惜しがる所がない。それが時にとても淋しくなることがある。そういう人間は、本当に女に惚れることがないのではないか、とも思う。本当に革命を考えたり、本当に文学を信じたり、本当に生きることに真剣になることができない性《さが》なのではないか、とも思う。

自分がそんなふうであるのは、なぜだろうと考えることがあるのだが、よくわからない。悪を憎む、という情熱さえも、きわめて薄く、人を怨《うら》むという気持も持続しない。屈辱を、しばらくすると、いつの間にか忘れてしまっている自分に気づく。それは一種のニヒリズム、というと大げさになるが、ともかくある諦念みたいなものが心の底のほうに冷い魚のようにじっと薄目をあけて居坐っているような感じなのだ。

そいつがいる限り、なにごとにも本気になれず、いつも中途半端でいる自分を感ずる。思えば、この十数年、本気で怒ったこと、本気で泣いたこと、本気で人を呪《のろ》ったことのない自分が、とても不審に感じられてならない。

情が薄い、というのかもしれない。ハードボイルド小説の主人公は、それと反対に多情多恨の人間が心に耐えて石の如くに黙している風情なのだが、はじめっから人生のさまざまな出来ごとに不感症では、これはハードボイルドもへちまもないようだ。ギャンブルは確にある人生のシンボルみたいな所がある。これに打ち込める人間は、人生にも打ち込めるタイプではないだろうか。そう考えると、いま本当に夢中になれる何かを持っていない私なぞ、さしずめムギワラ人形のような気がしないでもない。

もう一度、なにかをやって見ようか、と考えては、こんなふうにマスコミの中で生きていること自体が賭けみたいなものじゃないか、と思ったりして、再び無為な日々を送っている有様なのだ。

競馬

二番手

幸田文

新春三ガ日はどなたもくつろぐ。ましてひとり暮しはいとも気楽で、一年の計など考えようという気はさらになくて、自分の好きなことだけをうらうらと思いつづけて過ごします。

競馬が好きです。あそこでなら日がな一日、最終レースまでいても、時間を損したなどと思ったことはありません。レースとレースのあいだには、劇場や映画館の幕あいのような一寸したひまがあります。劇場ではあのひまをじれったがる私が、競馬場ではいらついたことがありません。いま済んだレースの残像が見えているんです。先頭の馬のしっぽの流れ、ビリの奴の耳のとんがり、そんなものが目に残っていて興奮しています。かと思うと、馬も騎手もぽっかり忘れはてて、なににつくともなきぼんやりした平安に、心みち足りていることもあります。

私をはじめて競馬場へさそってくれたのは、ご夫婦して馬好きなひとでした。その日はあいにく小雨の降ったり止んだりする暗い日でしたが、待合わせの駅へいってみると、そこに鮮明なカナリヤ色がありました。奥さんのコートです。はじめての競馬ゆきで多少どぎつくなっていた気のたかまりが、ふわっとカナリヤ色で柔らげられたことをおぼえています。

「あの馬はオモバババが得手だから。」

カナリヤ色の奥さんはご主人にそう話していました。雨を吸って重くなっている馬場をそういうのだ、と教えられましたが、レースを見ればそれがよくわかりました。走りづらい重い土を蹴って、ひたに駈ける馬の脚のその細さは、優美で勇壮で、そしてかわいそうでした。私は自分が馬の脚になったような感動があって、オモバババという言いかたを実感いたしました。以来、仕にくい不得手な針仕事などをしている時に、よく、コイツ重馬場で苦労させやがる、と思うんです。

それがきっかけで、その次はもう自分一人でいきました。あそこは一人でいっても、すぐに話相手のできてしまうところです。レースがはじまってワイワイがあがあ叫べば、そのとき隣にいる人はもうたちまち友だちです。そして気に入らなければ、三尺もどいてしまえばそれでまた忽ち、友人解消です。

馬券も買うには買いますし、時たま当ることもあります。私のが当れば、それは本当のまぐれ当りです。スルのは好きじゃありませんが、当ってもどことなく相済まない気があります。駈けてくる馬の懸命な顔が、お札の印刷にダブってみえたりするからです。競馬のかぎりでは賭け金ではのぼせない、といったところでしょうか。

ではなんで競馬が好きなのかといえば、やはりウマです。私は行きずりの一ト目惚れが大好きで、且つ大切に思っているのです。ためつすがめつした上で惚れるのも、執念惚れでわるくはないけれど、いきなりひとつ雷に落ちられたようになって、急遽惚れるのもいいものです。おもしろい。私の馬好きもそれ式で、血統だの戦歴だのをしらべたりはしない。面倒です。次のレースに出場する馬が、曳馬場につれてこられる時が、私の惚れる惚れないの瀬戸際です。ひと目でくわっと来る馬があるものです。一つ雷です。雷は不意ですが、私は惚れようと待っているんですから、ぴかっとした時のうれしさ。

そういう相手が必ずいるとは限りませんが、早まって匙をなげるのはいけない。居眠りしているようなノロ馬と見えるものが、騎手を乗せるトタンに、ぴっと精悍そのものになってしまうことがあります。そうなると私は夢中で駈けだして、馬券の窓口へ突貫です。惚れたものへお金をだすこのおもしろさ。

けれども私がほんとうに夢中にさせられるのは、もっと別なことなのです。それはレースの度に、かならず先頭の馬と二番手の馬がいることなのです。私はこの二番手を走る馬ほど好きなものはありません。先頭でもなし、三番四番と落ちているのでもなく、二番を走っている切なさ、苦しさはどんなものだろう、と思います。追い抜こうとする気の逸《はや》り、追われている苛立ち、こんな哀れ深い、せっぱつまった姿ってあるでしょうか。そうなるともう私はめちゃめちゃです。まわりの人たちの騒ぎにまぎらして、にばんてえ、と叫びます。自分の買った馬ならなお興奮しますが、実はどれだっていいんです。二番手をあがいているものが、私のひいきなのです。二番があがれば二番が一番。一番だったものは二番三番におちる。これが勝負です。でも、いつも常に、二番でせっぱつまって走っている馬がいるんです。一番との間をぐうっとつめてきて、並んで、そしてハナがせります。その時の二番をみて下さい。もうすでに力はつきそうになっているくせに、懸命です。そういうのもあれば、悠々とあまる力をだして、颯爽と脚が伸びているのもあります。美しいというか、立派というか。ぶるぶるする興奮があります。

ですから私はレース中途から先頭に出た馬が、逃げきってゴールする勝負はおもしろくないんです。

もしいつか書けたら、二番手ものがたりといったふうなものを書きたいと思います。

けれどもこのところ、ずっと競馬場へはごぶさたをしています。ＴＶでみるだけですが、それでさえ、二番手がムチをいれられるときは、私にもぴしりときてがまんがいります。こういう私のウマ好きは、うちのものからは嘲笑を買っていますが、好きなものは仕方がありません。

競馬の一日に就いて

菊池寛

午前中は慎しむこと

朝から競馬場へ駈けつける。直ぐに穴場へ飛びこむ。馬券を握ってスタンドへ出る。スタートが切られて、ゴールになって、しかし自分の買った馬は不幸惨敗を喫してしまう。それから曳馬でも見てまた直ぐ穴場へ入って馬券を買って……。

そんな具合に朝のうちから馬券に熱くなっている人を見ると、見ている方で却ってはらはらする。

競馬の番組の仕組と云うものは、関東と関西とでは多少違うが、どっちにしても特殊レースとか大レースとか云った類いのものは、殆んど午後の競走にしているのが普通である。それを朝のうちから二度も三度も馬券に滑ったりすれば、相当に気持が腐って、愈々その日じゅうでの興味あるレースとか大レースとかの時には、まともな勝馬の鑑定力さえ失ってしまう。そうなると益々気持が腐る。時には焦立《いらだ》たしいような気持にさえなる。

元来が競馬は楽しみに行くべきものだ。それが少しも楽しいものでなくなるなどは賞めた事ではない。

損してもいい一定の金額などをきめて行ったにしても、午後の競走の八競馬あたりには、もう最後の二十円しかなくなってしまったなんて事になれば、気を入れてみたい所なのにそうも行かない、味気ない心にならざるを得ない。

一度取られればその次こそはどうだろうと、またしても手の出したくなるのは人情だ。儲かれば儲かったで、こう云う日は大いに買うべしと云うので、番ごと番ごとに手を出したくなる。余程自制心を奮い起さないと心の平静は保ち難くなる。

それと云うのが午前中から慎しみもなく馬券に狂奔するからである。勝馬鑑定に、心の動揺や喧騒や迷いは大いなる妨げとなる。

そこでじっくり落着いて競馬を見て、いい穴の一つも取ろうと思えば、先ず午前中ぐらいは馬券は控え目に慎み深く、静かに構えているに越したことはない。そうすればその日の競馬場の空気にも馴れ、穴場の人気の形勢や、曳馬の気配などにもよく注意が行き届くようにもなる。

心すべきは午前中の気持の構え方で、時にはこれ一つが午後まで祟って、周到な判断力を失い、怪しげな本命を買って損した次には、玆《ここ》は固いと思っていた本命のレースに、いつともなく疑心暗鬼の不安を持ち始め、無理な穴を狙ってみたりするようなへまを繰返して、一人で憂鬱になったりもする。大事なのは午前中の気持の持ち方である。

大穴の出た後

大穴の出た次のレースでは、固い本命が屢々好配当をつける。それは大穴の出たための昂奮が競馬場の一種の雰囲気に変化を与え、人々はじっと落着いて固い本命などを検討している気にはなれなくなるからである。

こう云う時に諸君は一種の昂奮状態の競馬場内の空気に捲込まれてはならない。仮りに大穴が出たために諸君は馬券で損をしたにしても。

この時の心の構え方に隙があると、人は競馬の勝馬というものが何か理窟はずれの、籤引みたいなもののような気がしてくる。落着いた勝馬の考察ということができなくなってしまう。ついふらふらと無理な穴など狙ってみようなどと云う量見にもなる。いつ如何なる時でも、レースに対してはそのレースの本命が確実かそうでないかを先ず第一に見極める精神を忘れてはならない。大穴が出て場内が騒然たる時に於いて特に然り。そしてその次のレースの本命が若《も》しも根拠に乏しく、危なげなものだとしか考察出来なければ兎も角、それが確実な本命であると信ずるならば、これは買うべきレースである。

多くの人は今の大穴のために今度もまた穴ではないかと考え、本命を避けたい気持に傾くのである。その結果確実な本命に思わぬ好配当がついたりする事があるのである。

番組の平凡な場合

一見して、ああ今日の競馬は詰らないと云う気のする時がある。各レース共本命がきまっていて、変化なく、面白い穴など到底出そうにも思われないのである。ところがその結果は必らずしも平凡に終らぬことがある。

今春中山の三日目などにしても、最初は幾分そう云う感じがしたが、それは初日、二日目とその前二日が珍らしいくらい順調なレースが多かったために、また今日も順調な結果に終るのではないかと云う気持に、直ぐ考えを支配されていたからである。しかしレースが済んで結果になってみると、なかなかどうしてそう順調なレースばかりではなかったのである。つまりそう平凡には終らなかったのである。

第一、第二、第三競馬までは一番人気の本命が人気通りに勝った。だから最初から今日のレースはみんな平凡だと思っていた感情は、この三レースの結果に依って益々そう云う気持に傾いて行った。四競馬では新聞の予想などから人気の大勢を推察すると、二番人気の馬が勝てば相当の好配当になりそうな感じがした。それに今日も本命日和だと思うファンの気持がみんなその一番人気の馬に傾きそうにも見えたのである。レースの結果は二番人気の馬が勝った。しかしその馬が勝てば少なくとも五、六十円になるかと想像していたら矢張り四十六円しかつかなかった。本命が勝とうと二番人気が勝とうと、どっちにしても今日の配当は詰らない。みんな平凡なレースばかりだと思う感情が、それで益々強くなった。

五競馬から午後の競馬になった。抽障碍である。ここは最近調子もよし、初日オシヨロと相当のところ迄戦ったエマリーが殆んど絶対人気で、どうも吾々にしてもその馬が勝って当然と云う気がした。結果は直線コースになってから二番人気のトウテンコーに追込まれて、トウテンコーが二番人気ながら七十一円もの好配当になった。

六競馬の呼障碍は三頭立てで障碍初出走のザザが大した事がないとすれば、ミスエメラルドは故障後の脚力に全く見るべきものなく、アケタケの本命で動かないような気がしていると、そのアケタケが一周ならずしてポロリと落馬して、ミスエメラルドが足にまかせて逃げてしまった。ミス三番人気で百十六円。

七競馬ア抽障碍は十五頭立てで概して出走馬の少なかった今季の中山としては賑やかなレースであった。その顔ぶれには駈歩から新たに障碍入りをした馬の名が大分並んでおり、それ等の馬が前季以来好調を伝えられているセイカ、ビウコウに対してどこ迄戦うかと云う点に興味は感じられても、結局問題になりそうな馬は少なく大番狂わせなどありそうにもないと思っていると、これまた人気のセイカがポロリと落馬して、セイカと殆んど同じくらいに人気のあったビウコウは三着にさがり、時として着にはくるがどうも確実性に乏しいと思われ勝ちだったラブルミエールが勝って、この日初めての大穴を明けた。

それから続く八競馬、九競馬共に出走馬は五頭と云う少数で、その辺も大した狂いはなさそうに見えたが、八競馬は一本人気のマタハリが複式にも入らずして、二番人気のハクエイ一着で単式七十一円、二着に入ったホワイトローズが複式で九十四円つけた。九競馬は三番人気のニシキが勝って、単式九十三円複式四十円五十銭つけた。あとの二鞍は共に本命が人気通りに勝ったが、恐らく平凡な結果に終りはしないかと思われたこの日の十一競馬のうちで最高人気が勝ったのは五レースだけで、大穴は一つだったけれど、結果は決して平凡でもなかった。

七競馬のア抽障碍のように、最初の感じでは平凡な顔ぶれだと思って、馬券を休む気になって、レースだけを見物していると思いがけなく大穴が飛出したりする。

平凡の如く見えて、平凡ならず、狂うかと見えて狂わず、競馬というものは実に千変万化であり、この道での苦労は如何に重ねても馬券ぐらい難しいものはない。口では云ってもその適確は期し難いが、それでも精神だけは飽くまで周到細心に、平凡の如く見えるレースの顔ぶれに秘められた番狂わせの可能性を探り、狂いそうに見えても実はそのレースの本命の確実なことを確かめる、――その精神を常に忘れざることが肝要である。

馬数多きレース

時に出走馬の頭数の非常に多いレースがある。十六、七頭から二十頭以上に及ぶような事もある。馬券の安全を期する人は、このように頭数の多いレースは馬券を休むに越した事はない。

頭数多ければレースの失敗も起り易く、そのために馬本来の実力一杯のレースのできない事がある。出遅れと云うような馬数少ない時よりはスタートの可能性も多いわけでありコースを他馬に沮《はば》まれたりする機会も多い。どうしても幾分レースに無理が生じるのである。

同じく穴を取るにしても、出走馬の多い時よりは少ない時の方が取り易い。それは馬数が少ないために、互いの馬の実力の比較にも考察が行き届くし、穴馬に対する推定が合理的に働くからでもある。それが十五頭からのレースになると各馬がどのようなレースの作戦を秘めているかも想像できないし、騎手自身もたとえ作戦は持っているにしても、馬数多いためにその作戦にも間違いを来し易い。

殊に馬数はそんなにいても、その中で一着のほぼ確定している馬、つまり確実らしい本命が一頭いる時、こう云うレースに馬券を買うと、屢々自分の予想を裏切られる。馬数は幾ら多くとも強い馬は強いのだ。この中では断然これが強い。しかしその割に馬数が多いから、ほかの馬にも人気が割れて、存外配当もつくかも知れない。そんな風な考えも起きるかも知れないが、事実はその反対となるのである。即ち二十頭近くのレースに、それ程の信頼をファンに与える馬がいるとすれば、ファンの気持は殆んどその馬だけに傾く。その馬以外の馬では、どれもこれも安心がならぬような気持のする中に、ただ一頭そう云う馬がいるのだから、その馬だけが断然光っているような気のするのは当然である。そこで馬数はいくら多くとも人気は殆んどその馬一頭だけにかぶってしまう事になる。

今春中山返り初日に収得賞金三千円以下のアラブ競走は十六頭立てと云う多数の出走馬であったが、その人気の形勢を見ると、単式投票数七百七十一票の内、一本かぶりのエンタープライズは五百三十九票を占めてしまっているのである。従ってエンタ一が単式で来たとしても僅かに五十銭しか配当はつかないのである。馬数が多いから多少はほかの馬にも票が割れるだろうなどと想像すると大間違いである。

しかもこのレースの結果は、エンター一の惨敗に終ったのである。エンター一の実力はこれ等の馬の中では断然一位ではあるかも知れない。しかしこのように馬数の多い時はレースの過程にどのような間違いが起らないとも限らない。エンター一の敗因は別段馬数の多いために禍いされたわけでもなかったようであるが、馬数多いレースに対しては、そう考えてよい場合が屢々あるのである。とすると人気は一本かぶりでその上危険率が多い。莫迦らしいレースなのである。そうかと云って穴を狙えば、あっさりその本命の馬に勝たれてしまったりもする。だからこう云うレースには馬券に手が出しにくいのである。それが怪しい本命ではないにしても、勝って幾らの配当にもならず、万が一負けることでもあれば莫迦を見る。黙って見物しているに如くはない。

第十一競馬の本命

その日で最終の第十一競馬。もしもこれに確実な本命があるとすれば、恐らくその配当は他のレースに於ける確実な本命の場合よりも割のいい配当率になる。

中山三日目のユキオミのように、いくら確実な本命と云っても、ああまで確実さが一般に徹底してしまったような勝馬では、あの程度の払戻になるのも当然だが、普通の場合は、これが今日の馬券の最終だと云うので、山気の多い人は兎角穴を狙う。儲かっている人はどうせ儲けている金だから、最後は一つ穴を狙ってやれと云う気持も起し勝ちだし、損している人は今更本命をとって少しばかりの配当を貰ったって仕ようがない。最後の有り金で穴を狙ってみようと云う量見を起すのである。これは人間の心理として、どうしてもそうなり易い。「穴人気」の項で記した福島の古抽優勝戦の票の割れ方などがその最もよい例である。そこで諸君は十一競馬には、今まで以上に特に勝馬の検討に忠実でなければならない。一般ファンの陥り易い心理的過誤に陥らぬためである。そしてそこの本命に信頼できないとすればまた別問題だが、その確実性を見極めた場合に於いてはたとえその日は勝っていても負けていても、敢然その本命を狙うがよい。へんな馬の人気などに惑わされることなしに、率のいい払戻金を狙うが悧口というものである。

競馬場にて

田村隆一

——どんな国際ニューズよりも
　天気予報が気がかりだった日曜日
いま評判のサラブレッド四才馬を見ようとして
十万にのぼる人々が
せまい競馬場の入口に殺到してくる

高いスタンドに立って
うす緑の大地に、美しいカーヴを描く競走路をみたまえ
やっと柵にとりついた人波の
すばらしく透明な砂埃の空をみたまえ

簡潔なイメジによって
われわれの醜さを
競馬場のかたちに作りかえてみたまえ
なにものよりも
あのスマートで強靭な足に注目しよう
飛ぶ馬
跳ねる馬
青、赤、黄、白の運命の使者たち
…………
…………
——どよめくスタンド、沸く観衆、拍手、喚声
ゴールまで二分三十秒の興奮
二千四百メートルの興奮
この裸の興奮は

　　数字のように増減し
　　きわめて純粋で、抽象的だ

この詩は、数年前の秋、突然、この世から去った鮎川信夫の詩「競馬場にて」の前半の部分である。彼とは戦前からの詩友であり、詩友というよりも、酒以外のことなら、なんでも伝授してくれた、ぼくの「師」であった。ぼくは「師」の教えを無視して、酒ばかりに熱中する。「師」は、弟子にはいたって寛大で、ビールをコップに一杯だけ飲んでフーフー言っていたくせに、昭和十四、五年の新宿の洋風居酒屋に、ぼくをよく連れて行ってくれた。ぼくの酒神は目ざめ、スコッチの名前をおぼえた。「師」は大学生のころから競馬に凝《こ》り、はずれ券をちぎりながら、競馬場の帰途のわびしさを、よく喋ってくれたものだ。

戦後、軍隊から解放されて、「師」と再会するが、一回、「師」と競馬場へ行ったことがある。いちばんはじめに行ったのは中山競馬場。すべてがもの珍しく、ぼくはサラ四歳の威風堂々とした姿に見とれたものだ。ドガのデッサンが血肉化されて、ぼくの眼前で呼吸している。

予想屋をひとりひとり見て歩いたが、そのタイプが文芸批評家によく似ている。印象批評、過去のデータにもとづいた科学批評、血統を重んじる伝統批評、それに町の易者的発想を武器とする直感批評、厩舎の情報、騎手の健康状況はもとより、馬の病理的分析にまでおよぶ情報批評。

ぼくには、なんの先入見もなかったから、気に入った無印の馬の券を買った。単である。それが思いもよらずトップでゴールインしたから、ぼくもおどろいたし、「師」も狐につままれたような顔をしている。ややあって、「師」曰《のたまわ》く――

「はじめは、だれだって当るものさ。無知の恩恵というものさ」

二回目は、府中のダービーだった。「師」のほかに二、三人が合流した。その中にぼくの弟もいて、弟は以来、競馬狂になった。彼が馬で儲けた話をいまだに聞いたことがないから、きっと「知識がありすぎる」のだろう。

弟の買い方は、一頭の馬に目をつけると、その馬をどこまでも追いかけるという奇妙で情熱的な趣味である。サラ三歳から四歳、むろん、ダービー、菊花賞などに出場するのだが、一度だって勝ったというのを聞いたことがない。こうなると、その馬と弟とのあいだには、「負け馬」同士の愛の交流のようなものが生れるのかもしれない。

「あの馬がね、大井競馬場に落ちていったと思ったら、こんどはとうとうドサまわりになってしまってね。でも、その哀感は、万金に値《あたい》するんだ」と、弟は呟いたことがあった。弟は、高崎、水沢、あげくの果ては、「その馬」を北海道まで追って行って、もうそのときは、「馬」はサラ十歳になっていたという。人間の歳で考えると、国民年金がもらえるような歳である。

草競馬が始まる　ドゥダードゥダー
五マイルの競馬だぞ　おゝドゥダーデー
シャッポをかぶって出かけ　ドゥダードゥダー
銀貨をつかんで帰る　おゝドゥダーデー
一日中　かけまわり
しっぽの短かい馬に　金を賭ける

——津川主一訳

ぼくの頭の中には、フォスターの歌曲がたえまなく鳴りひびいている。弟の「馬」にあたるのが、ぼくの場合は、連戦連敗を誇る「詩」だ。ぼくの競馬場は、肉声のとどく不定形の空間である。

ぼくの競馬経験はたった二回だけだが、「詩」を追いつづけて半世紀。競走馬がいっせいにスタートしたときの群衆の喚声と、馬が直線コースに入ったときの喚声は、どこか深いところで異質なものになっている。

——競馬が終ると
　群集は押しあいへしあい停車場めがけて
　ひろい出口から流れだす
がらんとした競馬場には
十万のひとが残していった大きな寂寥が
暮れるにおそい五月の空の下にひろがっている
誰もいなくなったスタンドに立って
自分ひとりにかえるのは
何と惨めなことだろう
この淋しさの波紋
このはてしない空虚は
千万の人々を容れるに足りるものだ

——鮎川信夫「競馬場にて」

競馬　群衆のなかの孤独

澁澤龍彦

いささか大げさな言い方をすれば、わたしが人生の悲哀をはじめて知ったのは、競馬場においてであった。

七つか八つの頃、わたしは、父につれられて中山競馬場に行った。秋晴れの日曜日の午後であった。スタンドの高いところに、父とならんで腰をかけた。それから、父が馬券を買いに行き、わたしはひとりで待つことになった。「じきにもどるからね。待っておいで」と父は言い残した。

ところが、いつまで待っても、父がもどってこないのである。一時間たち、二時間たった。わたしは不安になった。いくつかのレースが始っては終り、しだいに昂奮する観衆の目の前を、赤や青の派手な装いをした騎手と馬が、流れるように走って過ぎた。わたしの周囲は沸きたち、どよめいた。歓声や罵声がとんだ。大人たちに取りまかれて、しょんぼりと涙ぐみ、木のベンチにすわっている少年に気がつく者は、ひとりもいなかった。群衆のなかの孤独を、わたしは小さな胸で嚙みしめていた。

今の子どもだったら、こんなことぐらい、平気の平左だろう。わたしは、とりわけ弱虫だったのかもしれない。べつだん、父はわたしを試錬にかけようと思ったのでもないらしかった。ただスタンドを間違えて、あらぬ方を捜していたのであったらしい。父が汗びっしょりになって、ようやくわたしの前に姿をあらわしたとき、わたしにとって、それまでの競馬場の孤独の雰囲気は、たちまち別のものに一変していた。——それだけの話である。

あれは昭和十一、二年ごろだったろうか。そうだとすれば、ちょうど支那事変のはじまった頃だ。それ以来、わたしは競馬場に一度も足を踏みいれたことがない。といえば、読者はたぶん、びっくりなさるだろう。わたしには、どうやら競馬コンプレックスができてしまったらしいのだ。

少年のわたしには、競馬の馬の名前が、何より奇妙に思えて仕方がなかった。トキノホマレ。ケンクン。マツイサミ。——記憶の底から、こんな名前が浮びあがってくる。それはわたしの耳に、ふしぎな呪文のように響いた。

＊

予想屋という商売がある。ノミ屋という商売がある。断っておくが、わたしの父は予想屋でもノミ屋でもなく、ただのホワイトカラーの銀行員だったが、死ぬまで大の競馬好きであったから、いつも寝る前に、赤鉛筆で競馬新聞にしるしをつけていた。

賭事の種類にもいろいろあるが、大きく分ければ、習練や技術の要素の強い賭けと、予想の要素、つまり偶然の要素の強い賭けとがあるような気がする。しかし、どんな複雑な勝負でも、相手の手の中を読み、持ってくる札を読み、相手の出方を直観的に判じるわけだから、そこに予想の要素が全くないことはあるまい。予想、偶然、運の要素がなければ、そもそも賭事というものは成立しまい。

予想屋の元祖は、パスカルだろう。あるいは、「あれかこれか」のキエルケゴールであるかもしれない。全国の競馬場の近くに、パスカル神社でも建てたらどんなものか。「幸運、運といった概念は、人間の心にとっては、つねに神聖という領域のきわめて近くにある概念である」とホイジンガー先生が御託宣を垂れている。

下位の力士が横綱、大関を倒して金星、銀星などを挙げると、きまって、「マグレです。ええ、もう夢中でわかりませんでした」などという。マグレとは、じつに無責任みたいな妙な言葉だが、これも偶然、運というほどの意味であるらしい。すでに相撲界の慣用語となってしまった。

バルチック艦隊が津軽海峡からやってくるか、対馬海峡からやってくるか、東郷平八郎は、当時、あたかも予想屋の心境であったにちがいない。予想屋がいなければ、戦争もできないし、政治もできないわけだ。

中央気象台、あれも一種の予想屋である。医者、裁判官、これも一種の予想屋である。もっとも、競馬のそれと違って、こういう種類の予想屋が、信頼できる予想屋でないとすると、わたしたちは大いに迷惑する。地震の予想など、競馬なみの神経でやられてはたまらない。

とはいうものの、わたしたちすべての人間が、かなり下手糞な人生の予想屋であることに変りはなかろう。

＊

穴という言葉がある。要するに、番狂わせの勝負をさす。本命、対抗をねらわず、大穴をぶちあてるのが、勝負師の度胸というものであろう。

わたしが学生の頃から、サド侯爵という、今まであんまり日本のフランス文学者の扱わなかった、十八世紀の作家を研究してきたのを見て、「きみは、うまい穴をねらったもんだねぇ」などと皮肉をいう、けしからぬ友人がいる。いくら親爺が競馬狂だったからって、わたしには、穴をねらったつもりは少しもないのだけれども、そういえば、学問の世界にも、ねらうべき穴はいくらもあることだろう。

＊

ダーク・ホースという言葉がある。実力のほどが分らない、無気味な存在をいう。政界にも財界にも、ダーク・ホースはいるだろう。職場のオフィスなどで、誰が彼女を射とめるか、というような議論の時まで、「あいつこそダーク・ホースだよ」などと、したり顔に予想する。

競馬の専門語や陰語が、これほど一般社会でよく用いられているということは、ホイジンガー先生の御託宣ではないが、やはり、人間文化が遊戯のなかに発生し、展開してきたことの一つの証拠ではなかろうか。

私の「優駿」と東京優駿《ダービー》

宮本輝

小説新潮スペシャルの五十七年春号から、私は「優駿」という小説の連載を始めた。題名が物語るように、競走馬の世界に材を求めた小説である。出版社の都合で、第二章からは「新潮」に三ヵ月おきに連載されることになったが、予定としては全部で八章、八百枚を超える作品になるはずである。だから、これからの二年間、私の心の中には、一頭の架空のサラブレッドが、ときにいななたり、ターフを疾駆したり、その大粒な目にさまざまな色をたたえつつ生きつづけることになるだろう。一頭のサラブレッドに己の人生の夢を託した幾人かの人々の物語ではあるが、主人公はあくまでも物言わぬ青毛の競走馬だということになる。

私と競走馬との出会いは、二十数年前にさかのぼる。小学校の五年生くらいだった私を、父はよく淀の京都競馬場につれて行った。当時は現在のような競馬ブームではなく、競馬場にはどこかのんびりした雰囲気があったように記憶している。父は勝つとタクシーで祇園《ぎおん》のお茶屋にくり込み、私を年配の芸者にあずけて、自分は別室でどんちゃん騒ぎをやっていた。負けた日は京阪電車に乗って、とぼとぼと難波まで出て、小さな居酒屋で私を横に坐らせたまま焼酎を飲んだ。そういう人であった。裕福な時代も貧しい時代も、つねに気《き》っ風《ぷ》のいい馬券の買い方をした。どんなときにも、競馬を遊びとして受けとめていて、決して馬券に溺れることはなかった。父はよく幼い私に「借金をした金で馬券を買って勝ったやつはいない」という意味のことを言った。その父の言葉が骨身に沁みてわかったのは、それから二十年たって、私自身が馬券にのめり込み、手痛いめに遇ってからだった。競馬に関する父の思い出の中で、いままでも妙にはっきり残っているのは、レースを終えて引きあげてくる馬に乗っているひとりの若い騎手を指差し「あいつは、いまに一流の騎手になるぞ」と言ったことである。珍しい姓だったので二十数年前の子供の私の心に刻みつけられたのであろう。タケ・クニヒコというジョッキーであった。父は死ぬ半年ほど前に、大学生だった私に千円札を三枚手渡し、あるレースの単勝馬券を買って来てくれと言った。そのころ、父は事業に敗れ、無一文同然の境遇になっていた。私は梅田の場外馬券売り場に行き、落ちている予想紙を拾って、父の買おうとしている馬の名を見た。馬の名は忘れたが、騎手は武邦彦だった。私は場外馬券場の雑踏の片隅に立って、そのレースの始まるのを待った。そしてレースの実況放送を聞いていた。父の買った馬は楽勝して、千三百二十円の配当がついた。私はすぐにそれを金に換え、キタの盛り場で全部飲んでしまった。翌日、父は私に訊いた。「武は来たか?」。私は「あかんかった。三着やった」と答えた。「そうか、やっぱりない金で買《こ》うたら、来る馬もけえへんなァ」と笑った。私はおそるおそる父の顔を窺い、「けさの新聞、見ィひんかったんか?」と訊いてみた。父は「目も耳も悪なって、ラジオも聞かなんだし、新聞も見てない」と言った。その言葉で、私は自分の嘘がばれてしまっているのに気づいた。「俺がこの世で買うた最後の馬券や。最後を負け戦にしやがって、武のやつ、しょうのないやっちゃ」。父はそう言ってまた笑った。だが父は、競馬に関しては、最後を勝ち戦で飾ったことをちゃんと知っていたのである。そして、三万九千六百円の配当金を何に使ったのか、ひとことも私に訊こうともしなかった。

父が死に、何年かたって、私は「螢川」という小説で芥川賞を受賞し作家生活に入った。父が生きていたら、どんなに喜んでくれたことだろうと思い、風呂につかりながらひとしきり泣いた。そのとき、いつの日か、一頭のサラブレッドを主人公にした小説を書こうと思ったのだった。題はすぐに決まった。日本中央競馬会の発行する

「優駿」という雑誌が頭に浮かんだのである。優駿——言葉の響きに、爽やかさと凛々《りり》しさがあって、しかもどこかに烈しいものを感じさせた。だが競走馬の世界を小説にするとなれば、まず私自身が、じっくりとその世界のことを勉強しなければならぬ。かなり面倒な取材を経て、充分に準備を整えたうえでスタートしなければ失敗してしまう。競馬をあつかったギャンブル小説なら、国内と言わず国外にも山ほどあるが、自分はそうではないものを、サラブレッドという不思議な生き物それ自体を書きたいのだ。そんな考えが、私を立ちつくさせた。うかつに手は出せない。そう思いながら何年かがたったのだった。

馬の美しさは不思議である。単純な、姿形や毛並の美しさなのではない。それは人為的に淘汰《とうた》され、人智によって作りあげられてきた生き物だけが持つ一種独特の不思議な美しさなのである。そんな、サラブレッドの〈美しさ〉とその美しさが宿命的にたずさえている哀しさをたたえた湖水の上に、それぞれの人生を生きる人たちを浮かべて回転させていけば、もうそれでいいのではないか。そう思い到って肩の力が抜け、私はやっと「優駿」の第一章を終え、第二章を書き始めたところである。

さて優駿といえば、やはりダービーのことがまっ先に心をよぎる。私はどういうわけか、かつて一度もダービーの馬券をとったことがない。ところがオークスの馬券は逆に一度も外したことがないのである。タニノムーティエから買ったときも、タケホープからはいったときも、みんなそれぞれ一着に来ているのに、二着馬を外してしまう。まだサラリーマンだったころ、私はヒカルイマイから全部の枠に流した。〝取って損〟を覚悟で、とにかくせめて一度くらいダービーの馬券をとろうと思ったのである。ちょうどその日、私は出張を命じられて滋賀県と福井県の境に近い小さな町に行かなければならなかった。私は少し早く起きて、梅田の場外馬券売り場で、ヒカルイマイのいる五枠がらみの馬券をすべて買った（つもりであった）。仕事を済ませたのが二時過ぎで、私はタクシーで琵琶湖畔を大津に向かって帰って行った。そしてテレビの置いてありそうな喫茶店を捜した。二軒目にのぞいた小さな喫茶店にテレビがあり、タクシーを待たせておいて中に入った。ちょうどゲート・インが終わってスタートをきったところだった。私は、ただ一心にヒカルイマイだけを見ていた。ヒカルイマイが来ればいいのである。ヒカルイマイからすべての馬券を買っているのだから。しかし、ヒカルイマイがこけたら皆こけたである。あの、他の馬がすべて停まって見えたような、ヒカルイマイの差し足で私は飛びあがった。二着に同枠のハーバーローヤルが来て、五―五のゾロ目馬券だった。ついに取った。五千幾らかの高配当である。

私はタクシーに戻り、胸ポケットから馬券を出した。まず一―五の馬券を丸めてタクシーの中の灰皿に捨てた。二―五、三―五、四―五と丸めて捨てて、当たり馬券であるはずの五―五の馬券を持った。ところがそれは五―六で、次は五―七そして最後の一枚は五―八だった。丸めて捨てた馬券を慌ててひろげてみたが、五―五だけがない。よくある話である。ゾロ目の馬券だけ買い忘れたのだった。大津から国鉄に乗って、自分の馬鹿さ加減にうんざりしながら、ふと父のことを思い出した。父に嘘をついたその罰があたったと思えて、なぜか罪ほろぼしをしたような気がした。

と、ここまで書いて来て、私はいま電撃的啓示を受けた。私がダービーで馬券の軸にした馬は、ことごとく一着になったではないか。さすれば何を迷うことがあろう。単勝を買えばいいのだ。ひょっとしたら、ダービーに関する限り、私は単勝の鬼であるかもしれないのだ。ことしのダービーは××××××の単勝を買うぞ。

馬のいる風景

池内紀

中学のとき、毎日のように馬を見ていた。学校と道路一つへだてて競馬場があったからだ。かたわらに厩舎が並んでいた。通りかかると、やにわに首をふるわせていないた。鼻息荒く板塀を蹴とばすのもいた。レースが終わってしばらくすると、全身からもうもうと湯気をたぎらせた馬が、つぎつぎと引かれてきた。

地方競馬は、どのような町につくられたのか？　べつに調べたわけではないが、城下町が多かったのではあるまいか。古くからその地方の中核都市であり、きまって軍隊が駐屯していた。戦後、師団隊あとに学校がつくられ、かつての兵舎が校舎になった。軍隊には練兵場がつきものであって、その広大な跡地が競馬場にあてられた。私の通った中学校もその手の一つで、連隊長の官舎が職員室になり、「タヌキ」というあだ名のあった校長の部屋には、菊の御紋の浮き彫りがのこっていた。

下駄屋のカッちゃんは騎手志望だった。休み時間にはいつも柵に寄っかかって厩舎の馬をながめていた。カッちゃん自身、競走馬のような脚をしていた。小柄だが、おそろしくバネがある。マラソンの練習のとき、鼻歌をうたうような調子で楽々と先頭を走っていた。そのあとをゼイゼイ息を切らしながら、私たちがダンゴ状で追っかけた。最後のコーナーをまがると、カッちゃんはいつも自分のお尻に鞭をあてるしぐさをした。

「第四コーナーをまわって直線、いよいよ追いこみです。あと二百メートル——」

自分でアナウンスして、一気にスピードをあげ、みるみるその背中が遠ざかった。「単勝」とか「連勝複式」とかの暗号のような言葉を知ったのも、カッちゃんを通してである。勝ち馬をいうのにハナやクビ、あるいは馬身をめじるしにする。外れ馬券にも、ときおりアタリがまじっている。

ある日、カッちゃんを先頭にして競馬場に出かけ、捨てられた外れ馬券のなかから首尾よくアタリを見つけだした。その臨時収入で全員がアイスキャンデーにありついた。どうしてばれたのか、そのことをタヌキ校長に知られ、菊の紋の下で、みっちり油をしぼられた。

競馬場の外にも馬がいた。昭和二十年代の終わりころであって、私たちは「馬力《ばりき》」と呼んでいたが、馬が荷車を引っぱっていく。車といえば、まだせいぜいオート三輪が主流だった。荷車の馬は脚が太く、胴と尻が丸太のようにつながっていて、動きにつれて全身の筋肉が盛り上がった。両目に目かくしのようなものをつけ、首を激しく上下させながら、たくましく歩いていく。

空の荷車にいき合わせると、私たちはそっとうしろについていった。そしてやおら荷台にとび乗った。あるいは、指だけひっかけて、ぶら下がる。やがて前から怒声がとんでくると、あわててとび下り、スタコラ逃げ出した。

ずっとあとに知ったのだが、民族学者の江上波夫に「騎馬民族国家説」がある。戦後の学界にセンセーションを巻きおこした新説で、東アジアの騎馬民族が朝鮮半島を経てわが国に入り、先住の農耕民族を征服するとともに、大陸文化をもたらしたというのである。

古墳から出てくる副葬品は、なぜかある時期から急に馬のハニワや、石の馬、あるいは馬器に変わった。そういった古墳の出土品をふまえてのことではあるが、もしかするとそれ以上に、すぐ目の前に多くの馬がいたせいではあるまいか。明治生まれの民族学者は荷車だけでなく、鋤をひく馬を見ていただろうし、立派なヒゲの軍人や役人が馬に乗って通勤するのも目にしていた。娘たちは馬の背にゆられて嫁にいった。カッちゃんや私たちの中学時代、往来にはまだ馬が行き来していた。馬はごく身近な生きものであって、陽のさしこめる朝の道には、湯気の立つ馬糞が落ちていた。そんな風景が、大胆な新説を誘い出したのではあるまいか。それかあらぬか、馬の姿が往来から消えるにつれて、江上説の衝撃もうすれていった。

サラブレッドとは「完璧《サラブレッド》に育てられたもの」という意味だそうだ。おそらく競馬というゲームを人間が考え出さなかったら、馬は滅びていたかもしれない。荷車に代わってトラックがあらわれ、馬のひく鋤ではなくトラクターが耕し、人はエンジンつきの車で通勤する。馬の背にゆられて嫁にいくのは、昔なつかしい映画のシーンにすぎない。馬は日常からいなくなって、わずかに逸話や物語に伝わるだけ――。むろん、そんなふうにはならなかった。馬はさっそうとパドックを歩き、おりおり新聞の大見出しを飾っている。

いつだったか、友人のお世話で、府中競馬場のとっておきの所をのぞかせてもらったことがある。そして驚いた。脚の長さ、胴の太さ、全体の「馬格」といったものが、記憶にあるのと大いにちがうのだ。血統、また体質も変化して、まるきりべつの生き物といってよかった。誇らかに首を突き上げ、矢のように疾駆していく馬は、まさしく「完璧に育てられたもの」であって、人間の手が生み出した「走る器」の傑作というものだ。

下駄屋のカッちゃんがほんとうに騎手になったのか、もう思い出せない。中学を出て、はなればなれになった。たしかトキノミノルとかシンザンといったと思うが、その当時にも栄光の馬がいた。カッちゃんによるとひたいに白い流れ星があるのが名馬のしるしだった。

府中の競馬場で、検査場に入っていく馬を見せてもらった。小柄な騎手たちははるか頭上にあって、まるで西欧の古版画に見る黙示録の騎手のように威厳をおびていた。

競馬のリアルを求めて

清水アリカ

僕はいわゆるパドック派だ。競馬場に行っても、ほとんどすべての時間をパドック周辺で過ごしている。スタンドへは行かない。レースはパドック近くのモニターで見る。それさえも見ないことも多い。レースの結果なら、場内アナウンスが教えてくれる。それよりも、いま目の前を歩いている次のレースの馬たちに集中した方がいい。パドックを離れるのは馬券を買いに行くときだけだ。

以前はそうではなかった。以前というのは、もう十年近くも前のことだ。当時、僕は京都に住んでいて、淀の競馬場にはかかさず通った。そのころの競馬は、僕にとってまず第一に体力勝負だった。パドックで馬を見て、続いて馬道の出口へ行って本馬場入場を見る。それから、スタンドに駆け上がって返し馬を双眼鏡でチェックし、馬券を買いに窓口へ走り、スタンドに戻ってレースを見て、レースが終わると次のレースのパドックへ急ぐ。このコースをすべて走って回るのだ。走らないと間に合わない。予想も走りながらする。だから体力がないと予想ができない。これを朝から十二レースやるとかなりの運動量になる。はじめて僕と一緒に競馬場に行った友人たちは「競馬がこんなに疲れるものだとは知らなかった」と口をそろえるほどだった。

僕がほとんどパドックから動かなくなったのは、もちろん年のせいではない。僕の行動パターンが変わったのは、競馬場が変わってしまったからだ。確かにこの十年間で、競馬場の風景はずいぶん変わった。各競馬場の改装が進み、見違えるほどきれいになった。十年前には予想だにしなかったことだが、競馬場に若い普通の女の子の姿が多く見られるようにもなった。だけど、僕が言っているのはそんなことではない。競馬場のみならず、競馬それ自体をも変えてしまった事件。それは、そう、オーロラ・ビジョンの登場に他ならない。

いまでは、どこの競馬場に行っても、スタンドの正面に据えつけられた巨大な映像装置がレースの全体をくまなく映し出してくれる。それ以前は、スタンドに座っていて、見ることができるのはゴール前の直線だけだった。向正面で何が起こっているかは、場内アナウンスを通じて想像するしかない。僕たちは、アナウンスに真剣に耳を傾けながら、向正面を駆け抜けるサラブレッドの姿を頭に思い浮かべる。第三コーナーを回って、第四コーナーにさしかかる。轟音が近づいてくる。と、第四コーナーを回った馬群が視界に現れる。いままで頭に思い浮かべていたサラブレッドの姿が、空想のスクリーンを突き破るように目の前に現れるのだ。

　このリアルな一瞬こそが、競馬場で競馬を見る楽しみなのではなかっただろうか。それはテレビや場内のモニター画面では絶対に味わえないものだったはずだ。

　だけど、オーロラ・ビジョンの登場によって、競馬場は巨大なテレビセットのようになってしまった。いまでは、ゴール前の直線でさえ、目の前を馬が走り抜けているにもかかわらず、オーロラ・ビジョンに映し出されている映像を見ていることがあるほどだ。かつては血沸き肉躍ったあの轟音も、いまとなっては映像に臨場感をもたらすための効果音に過ぎない。

　オーロラ・ビジョンのキャッチコピーを考えるならこうだ。

「競馬場にいながらにして、茶の間でテレビを見ているのと同じ感動が味わえます！」

　いまや競馬場において、リアルと呼べる場所はパドックだけだ、と僕は思う。そこでは、すぐ目の前を生き生きピチピチしたサラブレッドが歩き、入込んで口から泡を吹いたり、蹴るように後ろ足を跳ね上げたり、ほかほかのボロを目の前に落としてくれたりする。僕がパドックにこだわるのは、必ずしも馬券予想のためではない。テレビのなかの「あの馬」ではなく、いま目の前を歩いている「この馬」に賭けるのだ、というリアルな実感を得るためだ。レースを見るなら場内モニターで充分だ。スタンドまで行ったところで、画面が大きくなるだけのことだから。

ところで、僕は不本意ながら二年前から電話投票をはじめた。それも、悪名高いPAT方式である。なぜ悪名高いかというと、PAT方式はファミコンの通信機能を使って投票するもので、ほとんどゲーム感覚で馬券が買えてしまうのだ。現金が動くわけでもないから、ますます競馬にリアリティがなくなる。競馬自体もファミコンのなかで行われているシミュレーションのようにさえ感じられてくる。予想の仕方もずいぶん変わってくるだろう。もはや、目の前を歩いている生き生きピチピチしたサラブレッドに賭けるのではない。ある種の情報処理、データ処理としての予想だ。こうなってくると、競馬の予想なんかに頭を悩ますのは無駄なことのように思えてくる。そんな面倒なものは、それこそコンピュータにでも任せておけばいいのだ。

だからといって、コンピュータ予想で馬券が取れるわけではないのだ。競馬がリアリティを失い、まるでシミュレーションのように見えるからといって、競馬がほんとうにシミュレーションであるわけではない。なんと言っても現実に馬が競走していることに変わりない。だから、データ処理的なコンピュータ予想やシミュレーションは、常に現実によって裏切られることになるだろう。そして、シミュレーションが現実に裏切られる瞬間にこそ、リアルなものが再び露呈することにもなるはずだ。

ともかく、ファミコン投票をはじめてから、僕はまったく馬券が取れなくなった。やはり思いこみの度合いが違うのだ。だけど、それはそれでいいと僕は思っている。もはやリアルな競馬はここにはない。負けるということがかろうじて競馬のリアリティを保証しているだけだ。そして、僕は負け続けることによってのみ、リアルな競馬を体験することができる。

それにしても、これはあまりにもネガティブな競馬の楽しみ方ではないか。

足を洗う

柳瀬尚紀

当らんわ、当らんわ、当らんわ。

とにかくむちゃくちゃに当らん！

馬連はおろか、枠連すら的中せんのですよ。てんでかすりもせん。

銀行口座にせっせと現金を運び、それをわざわざ残金ゼロにしては、またまた現金を運ぶ。もっとも運ぶほどの巨額ではありませんがね。

もっとも、たとえ当らなくても宝くじのほうが確率は上かなどとは考えませんよ。

宝くじなんてのは、くじを買ったらあとは遠足の日が近づくのを待ってる子供のようなものですな。

それにしてもこれでは何をやってんのか分らん。

そろそろ足を洗うことにしようか……。

そう思ったら急に足がむずむずしてきた。水虫ではなくて、さっき蚊に刺されたのである。

シャワーをジャージャー流し、まさに湯水のように湯水を使って両足をごしごし丹念に洗った。

なるほど、足を洗うってのは、こんなふうに気持が爽やかになることだと確認する。どうしてもっと早くこのことに気づかなかったのか。足を洗うと、こんなにすっきりするんですなあ。

そこへのんちゃが外から帰ってきたので、今度はのんちゃの足を洗う。

――雨続きのどろどろの地面を歩くからこうなるの。なんです、ほりゃ、この泥足！　右の歯がなくなったのに元気だねえ。こりゃ、まだ終っておらん。左足も出すんです。なにが「ぎゃー！」ですか。なにゃ？　そうか、おれも「ぎゃー！」って大声を出す？　それはね、当らんからなの。でもね、ぜんぜん当らなくてもさ、のんちゃちゃんには連日高価なものを食べてもらってるでしょ。それにこうして湯水のように湯水を使って足も洗ってあげてる。

ときどき「ぎゃーっ！」と、抗議するものの、わが家の猫はシャワー好きである。

ただ、拭くときがなかなかてこずる。

そんなときには、

――こんなにめろめろに惚れてるんだぞ、文句あるめえってんだ!

まさかこんな口調ではしゃべりません。

――ごめんごめん。シャワー、熱かった? 冷たかった? ぬるすぎた?

てなふうに、ご機嫌をとり、自分の知能指数がほとんどゼロになるのが自分で分る。

それにしても当らず当らずの土日が続くとわたしゃ知能指数ゼロじゃなかろうかと、

そんなふうに自信を喪失する。無能力の者が横文字文学などやっても無駄だとふだんは豪語する自分なのだから、自分が無能力であると悟ったことからは足を洗うべきなのだ。

どうせ手を出しても、さっきのんちゃにからかわれたように、「ぎゃー!」とわめくのがおちだろう。

――ああぁぁ!

――たたたぁぁ!

――ららぁぁ!

――んんんん!

猫のおでこ同然の手狭なこの部屋で、この真夏の猛暑にクーラーを切ったまま、ゴールの瞬間がテレビ画面に映し出されるたびに、そんなわめき声を連発する自分が目に浮ぶ。

クーラーを切って暑さに辛抱を持続中であるのは、頭黒が弱っておるからなのです。

頭黒は人間の歳に換算するなら八十九、そろそろ九十になる。

ここ三週間ほど、発作をおこしたり、ぐったりしたり、食べなかったり、じっと眠ったきりになったり……。

クーラーはやめてくれと目で訴えて、クーラーの冷えが届かぬところへ動こうとよろよろ歩き出す。それに気づき、胸がきゅーんとなって、それからクーラーを切った。二十四時間、ずっと女房と代わる代わるつきっきりで看護して、不安な不安な日の連続である。

頭黒が子供のときだった。牡猫のナニの本能を除去する手術のとき、そのショックで危うかったことがあって、これがトラウマとして残った。ドクターの往診もだめ。かえってパニックになる。

ひたすらわれわれが看護するのみ。

本当はこんな事情で当分は足を洗おうと心が動く。

そこへ、本誌編集部から書状が送られて来た。

《暑中お見廻り申し上げます。

早くも本誌は5号目になります。

まだほんの生まれたての育ち始めですので、未勝利のまま終るか、ゆくゆくはオープン戦の常連にまで出世できるか、今後に関して云々できる段取りにはありませんが、気長にあたたかく見守って下さることと存じます。

今後ともご指導のほど、よろしくお頼み申し上げます。》

「よろしくお頼み申し上げ」られても、さすがに今月は困った。足を洗う覚悟を決めようってところなのですよ。

さらにまた、編集のS田氏から電話の督促。

原稿料の安さを理由に執筆を断われるような重要作家とは違うし……。クーラーを切ってるからカンヅメにしてくれとお頼み申し上げるのも唐突だし……。

ことさら困るのは、そもそも自分が本誌のファンでもあるからだ。

編集後記を読むと、スタッフの猫好きが伝わってくる。半猫人としては、微力ながら応援する気になる。

「打たれ越し」なんてのは、並みの小説家の書く文章とは格段の差だ。森巣博氏とはどんな人物なのだろう。万葉集、今昔物語集、枕草子からミシェル・フーコーまで熟知する人だ。お目にかかれたらどんなに幸せだろうかと想像する。マニラ・ポーカーの勝負卓で、八万ドルを越すチップスを摑み出して――

ワタシハ、強姦サレル。

そう思った。心底、震えた。

とにかくこの人の文章を読むと、その迫力に圧倒される。カシノのカモを「牛が大蒜《ガーリック》を背負ってオーヴンの中に」とからかう「ラスヴェガス流の描写」があるのも知った。「常打ち賭人《じょううとにん》」とか「プロ賭人」とか「屑手《くずて》」とかの語も知った。

こんな本物の凄味ある人が書くのだから自分も書くぞと、気を引き締める。むろん、この人のような凄味のあるものを書くのは逆立ちしてもビール断ちしても無理だ。しかし書くからには、貧困の筆力なりになにか工夫して書く。

さてどう書こうかと、頭黒の看護に夜を明かしながら考えて――

さて、今日は、8月15日である。終戦記念日である。日の丸だ、君が代だ、と、論議が盛んだ。

わたしゃ識者ではありませんから、口出しはしませんがね、数日前に来た横文字の雑誌に「ジャパン、日はまた昇る」と、書かれてありましたな。

それはさておき、おや、今日は頭黒が頭をもたげる。

――それっ、頭黒くん、元気出せ、ほうぼうから励ましのFAXも来てるだろ！

日はまた昇るか？

ただの日食だったのか？

頭黒はぐっと起き上がる。

奇跡はありうる！

そこへ秋刀魚が来た。根室の魚屋へ注文してあったものだ。

見ると、今年はかなり細身のようだ。でも、女房の超太足を見慣れた目の尺度のためか。これはこれで、なかなか上等の秋刀魚。

それッと、さっそく焼く。

――ふーっ！　ふーっ！

――ふーっ！　ふーっ！

夫婦でふーふーして、つまり熱さをちょうどよく冷ましてから頭黒に差し出して、クーラーを切ってるから汗だくになり、夫婦はふーふーで暑くて暑くて……

しかし、見よ！

頭黒は食べる！

ふーーーっと、とりあえず胸をなでおろす。

なんとか、なんとか、元気になってくれ――心の中で頭黒にお頼み申し上げる。

ちょっぴり心が休まったところでテレビを――

しかし今日は買わんよ。どうせこうぼやくに決ってるのだ。

――当らんわ、当らんわ。馬連はおろか、枠連すら的中せん。てんでかすりもせん。

秋刀魚でビールを飲み飲み画面を眺めてると、秋刀魚で満腹になったのんちゃが、

ノンシャランとのたまう。

――単勝で行けば？

――にゃにゃにゃ、にゃんちゅうことを！

と、思わず呻き声をもらした。

競馬から足を洗おうと思っていた。だから三行前まで、のんちゃが「行けば？」と言うまでは、**ケ**と**イ**と**バ**の音を自分に禁じて書いてきたのである。「猫のひたい」と

書かず「猫のおでこ」と書き、本誌の編集部からの「暑中お見舞い」を「暑中お見廻り」、「お願い」を「お頼み」と読み、「書いて」と書くこともできず、書斎、愛猫、言葉、言う、モバイルメイトなどなどの言葉を使えず、言葉が支え支えて……

枠連も馬連も当らん当らんというぼやきを何度も耳にして、わが愛猫はあっさり禁じ手を破ってくれた。

仕方ない。

モバイルメイトを出す。

のんちゃのおかげで、愛猫のおかげで、もうモバイルメイトが使えるのだ。つまり、馬券購入のみならず原稿に用いる語としても使えるのである。

そうか、単勝ね。札幌10レースから始めて12レースまで的場騎手の単勝を狙う。

――的場、行け！

バイケ、バイケ、バイケと競馬を逆さまに叫ぶ。

競馬を逆さまに叫んで、しかし、三レースとも当らず。

＊編集部註：「書斎の競馬」（飛鳥新社）のこと

追憶の1978年

高橋源一郎

Tから電話があった。久しぶりに日本に帰ってきた。よければ会いたい、という電話だった。喜んで、とわたしは答えた。

何度か書いたことがあるが、わたしが競馬に「目覚めた」のは、ハイセイコーの中央でのデビュー戦弥生賞を、友人Oの引っ越しを手伝いにいってその途中で眺めたのがきっかけだった。手伝ったのはわたしとFとTだった。引っ越してから数年してFが肝臓癌《がん》になった。わたしとOがその話を聞いてFを見舞いにいったのは7月の末だった。Fはもう退院して家にいた。病院にいる必要がなかったのだ。わたしたちが行くと、Fは「なかなか治らない」と他人事《ひとごと》のように呟いて大きく膨れ上がった腹をさすった。それから、わたしとOはFとその妻と幼い子供と一緒に冷麦を食べた。Fはそれから3週間後に亡くなった。

弥生賞のパドックのハイセイコーをテレビの画面で見ながら「チャイナロックの子でね、母方も悪くない」と言ったのはTだった。Tはとっくに競馬をはじめていて、わたしには彼がなにを言っているのかさっぱりわからなかった。だが、わたしはすぐに競馬の魅力にとりつかれ、競馬場に通うようになった。Tは大きな商事会社に勤め、わたしは肉体労働をしていた。そして、土曜か日曜になると、どちらからともなく声をかけ競馬場に出かけるのだった。Tが海外に勤務するようになってわたしたちの競馬場通いは終わった。78年のことだった。Tは東南アジアを渡り歩き、離婚し、会社を辞め、シンガポールで日本人子弟のための進学塾の講師になり、また日本へ戻ってきたのである。

「向こうじゃ、競馬はやらなかったのかい」

15年ぶりに会ったその晩、わたしが最初に訊ねた質問はこれだった。

「ああ。ファンタストが皐月賞を勝った時、中山競馬場に行ったのが最後だよ。きっかけがなかったんだ」そう言うと、Tはビールが注がれたコップを持ったまま遠くを見る目つきになった。

「久しぶりに競馬新聞を見たが、知らない種牡馬ばかりで、見当がつかなかった」

わたしは本棚から一冊の本を取りだすと、Tに渡した。「きみの本だよ」

「競馬四季報」の１９７８年春号だった。日本を離れる直前、Tがわたしにプレゼントしてくれたのだ。Tはわたしから「競馬四季報」を受けとると、ぱらぱらとめくりはじめた。「ムーンライトミストか。セダンの子。ダービーをとるんじゃないかって言ってたっけ。ジャンボキング。いつも買ってたのに、スプリンターズSの時だけ買わなかったら、どん尻から追いこんで勝っちゃったんだね」

「オダジョウ」

「モンタサンの弟！　利根川特別のオダジョウ——スイートカルダン！」

「カイエンオー」

「岡部が乗って逃げてはつぶれてた弱い馬！」

わたしたちはその15年前の「競馬四季報」に載っている馬たちをほとんど覚えていた。下級条件でも同じだった。サクラショウリと同じぐらいロドリゴタイガーやルプートターフやラウンドリッチやモチズリやミスターケイやベルバナールやフクヤナギやバンバレーンやニューブランカースのことを覚えていた。

「1月5日、迎春賞、５着のギフジョウは？」

「えっと、父ミンシオ、母アポロニア、仲住達厩舎、大崎昭一！」

わたしたちを見ていた妻は呆れた顔で、「あなたたちの話に出てくる馬、一頭も知らないわ。外国の馬みたい」と言った。

1978年。トウショウボーイとマルゼンスキーがターフを去り、テンポイントが正月の京都で骨折し亡くなった。競馬場はなんとなく淋《さび》しくなり、その虚《むな》しい気持を振り払うように、前の夜にはすべてのレースを何時間もかけて入念に調べ、そして競馬場へ着くと1レースからすべてのレースのパドックにへばりつき、すべてのレースを買ったのだ。

「あの頃は競馬にとりつかれていたから」とTは言った。「いまでも大好きさ。けれど、どこからはじめていいのかわからないんだ」

夜遅くなってTは帰った。

「来月からサンフランシスコへ行く。Yの会社を手伝うんだ。アメリカへ来たら寄ってくれ」それがTの最後の言葉だった。

Tが帰った後もしばらく、わたしはひとりで酒を飲んでいた。なにか言い忘れたことがあるような気がしていた。

思いだしたのは明け方近くだった。わたしは自然と微笑《ほほえ》みが浮かんでくるのを感じた。電話をかけようか。いや、後で手紙を書こう。そして、1978年の4歳馬できみがいちばん好きだったホオカノの子供がゴールデンゲイト競馬場で走っていると教えてやろう。Tよ。遠くに金門橋が霞《かす》んで見える入口で待ち合わせよう。また以前のように1レースからパドックにへばりつこう。そして、一頭、一頭の馬を覚えよう。なにもかも一からはじめるのだ。

ぼくの愛した馬

石川喬司

キーストン

賢そうな目をしたちっちゃな馬——キーストンは、ぼくに競馬の楽しさと哀しさを教えてくれた。小雨のダービーを逃げきったあと、乗っていた山本騎手が「三コーナーで『そろそろスパートするか』とこいつにたずねたら、『まだまだ』と答えました」と話すのを聞いて思わず吹きだしたが、まさに人馬一体のお手本のような仲良しコンビだった。

この仲良しコンビに悲劇が訪れた昭和四十二年暮れの阪神大賞典。勝利を目前に骨折したキーストンは、折れた前肢をひきずりながら、意識を失って冬枯れの芝コースに倒れている相棒にやさしく鼻面を押しつけた。激しい自分の痛みをよそに、まず相棒を気づかったのである。それで意識を揺り戻された山本騎手は、事態を呑みこむと、死を迎えようとしている愛馬の顔を何度も撫でてやった。
あれ以来、ぼくは競馬に狂いだした。

シンザン

思い出に残るレースは数多いが、一つだけ選ぶとなると、やはりシンザンが五冠を達成した昭和四十年の有馬記念だろうか。

打倒シンザンの野望に燃えて四コーナーで愛馬ミハルカスを大きく外へ張り出した加賀騎手の一世一代の大芝居。ある事情で若手騎手に乗替っていたシンザンはそれに振回され、突然ぼくの双眼鏡の視界から消えてしまった。――すわ外柵に激突か、と超満員のスタンドの観衆はキモを冷やしたものである。ところがそれも一瞬、シンザンは何事もなかったかのように楽々とミハルカスをかわし、力強い足取りでゴールをめざしていた。

シンザンの産駒ミナガワマンナが菊花賞に勝った直後、ぼくは北海道の谷川牧場で十六年ぶりにシンザンに再会した。青年から熟年に変貌した王者は、すこし横着になっていて、処女馬とのタネつけをいやがって困る、という話だった。

テンポイント

半ズボンの似合うあどけない少年——それがテンポイントの第一印象だった。やさしくて賢そうな目、キリッとしたハンサムな顔立ち、しなやかでスマートな明るい栗毛の馬体、すぐれた数奇な血統、しゃれた名前、古馬そこのけの走りっぷり……すべてがクラシック戦線の若武者にふさわしかった。「母さん、見てくれ、この足を」とぼくはテレビのアナウンサー氏と一緒に叫んだ。

本来ならこの世に生まれるはずのなかった幽霊の孫テンポイント。彼が一代の名女形、坂東玉三郎を思わせる華奢な美少年から、逞しい青年に成長していく過程を、ぼくは一喜一憂しながら見守りつづけた。

そしてあの粉雪の舞う京都競馬場での悲しい幕切れ。魔の四コーナーで倒れたとき五百キロあった体重が、四十三日間の闘病生活に耐えぬいて永眠したときは、三八〇キロに減っていたという。

カブトシロー

「可哀相たァ惚れたってことよ」というのは坪内逍遙訳シェイクスピアの名セリフだが、カブトシローに対するぼくの感情はまさしくそのようなものだった。

名門の血を汚したみすぼらしい父親、盲目の馬から生まれて牛の中で育てられた母親、農家の狭い庭先で農耕馬と一緒に成長した暗い生い立ち……。そうした境遇が彼を魔性にしたのだろうか。人気になれば惨敗、人気がなければ快勝、ファンを常に裏切りつづけ、「あいつは新聞が読めるんだ」と評された。何人もの騎手や馬主や競馬ファンの人生を狂わせ、天皇賞を勝っても有馬記念を勝っても「バカヤロー」と怒鳴られた。暴れん坊のくせにカメラを向けるとポーズをとった。

狂気の名馬カブトシロー。彼は中央競馬史上空前の性格俳優だった。四十二年の有馬記念を圧勝したあと超満員のスタンドに向かって歯茎をむきだしてみせた彼の姿は、今でも忘れられない。

ハイセイコー

ハイセイコーは二頭いた――というのがぼくの説である。一頭のハイセイコーは、地方競馬で六連勝、中央入りして四連勝、土つかずのままダービーに挑戦、そこで初めて三着に敗れた。ところがもう一頭のハイセイコーは、ダービーを驚異的なレコードで圧勝、さらに菊花賞や天皇賞や有馬記念も連破して海外に遠征、世界最大の国際レース凱旋門賞をも制覇、そのあげくとうとう翼が生えて天馬になった。

この逞しい大柄な鹿毛馬の競走期間が、田中角栄内閣の発足から退陣までとピタリ重なりあっている事実は、きわめて興味深い。彼は高度成長の挫折という社会背景のもとに、人間どもの夢の世界を一生懸命に走りぬけていったのである。そしてカツラノハイセイコという孝行息子を世に送り出した。一方、天馬になった幻のハイセイコーは、いまだにぼくの心の中を、いやおそらく全競馬ファンの心の中を走りつづけている。

タマミ　好きな女性のタイプは？　と聞かれるたびにぼくはこう答える。「そうですね。まず第一に面長で、肌は褐色、逞しい胸とお尻、足が速くてスタミナがあり、鼻の穴はやはり大きい方がいいな。体重は四五〇キロくらいが理想で、もちろんシッポがふさふさしていて……。たとえばタマミちゃんがそういう女性でした。ああ、懐かしいなあ」

質問した相手は面喰らい、やがて吹き出し「なんだ、馬でしたか」と呆れ返る。

タマミは韋駄天娘だった。ゲートが開くと同時に、柔らかい鹿毛がロケットのように飛び出し、あれよあれよという間に逃げ切ってしまう。桜花賞がそうだった。ぼくはパドックのかぶりつきで彼女のヌードにみとれ、その走りっぷりに魂を奪われた。

彼女は二枚目風の牡馬クリシバと一緒に走るときだけは恥ずかしがって逃げなかった——と指摘した人がいる。恋する乙女だったタマミ。彼女の花嫁生活はきわめて短かく、数頭の忘れ形見を残しただけであっけなくこの世を去ってしまった。

フジノオー

徳川家康ブームだが、競走馬で家康型のヒーローを探すとすれば、前馬未踏の中山大障害四連覇をやってのけたフジノオーが、その最有力候補ではあるまいか。

良くいえばガッチリと逞しい、しかし冷静に観察すればズングリムックリの角ばった二流の血統の栗毛馬。平場のレースでは十五戦して二勝しかできず、障害入りしてもパッとせず最初の大障害挑戦であっけなく落馬してしまった。しかしカラ馬でコースを完走、その根性が二度目の大障害挑戦で花開き、無敗八連勝中の天才少年タカライジンをゴール前でねじ伏せて、栄光の四連覇への第一歩を踏み出した。哀れだったのはタカライジンで、以後、古橋に対する橋爪、大山に対する升田のような蔭の存在に甘んじる運命を辿った。

フジノオーはまさに無事是名馬、泣くまで待とう的大器晩成型の典型で、海外にも遠征して話題を呼んだ。現在活躍中のキングスポイントは、はたして先輩をしのげるだろうか。

トウショウボーイ

日本ダービー五十周年を祝福するかのように、久しぶりに誕生したヒーロー馬ミスターシービー。そのお父さんがトウショウボーイである。かつてこの馬は〝天馬〟と呼ばれた。テンポイントやグリーングラスの同期生で、菊花賞、有馬記念などでの名勝負は、永久に競馬史に残るだろう。

均整のとれた雄大な馬体から溢れだす圧倒的なスピード。そのレースを観るたびにいつも「これが近代競馬だ！」と惚れぼれさせられたものである。

生涯の好敵手だったトウショウボーイとテンポイント、この二頭を、詩人の寺山修司は、叙事詩—抒情詩、海—川、夜明け—たそがれ、祖国的な理性—望郷的な感情、漢字—ひらがな、レスラー的肉体美—ボクサー的肉体美……といったぐあいに鮮やかに対比してみせた。

この馬が圧勝したデビュー戦で果敢にこれに競りかけて行って力尽きた名牝シービークイン、彼女こそ〝天馬二世〟ミスターシービーのお母さんである。

クリフジ

過去の名馬をタイムマシンで現代に連れてきて競走させたら……と空想することがある。そんなとき、まず頭に浮かぶのが日本競馬史上最強の名牝といわれるクリフジである。

クリフジは昭和十八年春にデビュー、牝馬でありながらダービーと菊花賞を連覇（皐月賞は不出走）、もちろんオークスも勝って十一戦無敗で引退した。戦後のファンはこの馬の強さを、たとえば「出馬表の中にクリフジの名を見いだしたときの私ども審判員の喜びは非常なものであった。その競走は二着以下を判定すればこと足りるからである」といった思い出話（青木栄一氏）や、ダービーのときバリヤーが上ってから一回転して出て行くという大出遅れをしたにもかかわらずレコードで他馬をぶっちぎって勝った——といったエピソードから想像するしかない。

この大柄な栗毛の名牝は、ぼくの夢の中で赤いリボンをつけて、世界一の牝馬キンツェム（五十四戦無敗）といつも先頭を争っている。

リュウズキ

明治の女で漢学者の娘だった母が、息子の趣味に合わせて競馬を覚え、生まれて初めて買った馬券が、昭和四十一年夏の北海道三歳ステークスのリュウズキの単勝だった。リュウズキは大柄な青毛で、静かな王者といった大人びた風格の馬だったが、母はあの馬のどこに惹かれたのだろうか？　死んだ親父に似たところは一つもなかったように思うが、とにかく菊花賞の惜敗に共に泣き、有馬記念の快勝に共に笑ったものである。馬券の儲けは孫へのお小遣いに化けていたようだ。

リュウズキと同じ頃、母が好きだったもう一頭の馬に障害馬のロッキーがいた。母が重病で寝込んだとき、うわごとにロッキーの名を何度も口にするので不思議に思っていたところ、母が回復して間もなくスポーツ新聞の片隅に「ロッキー死亡」の記事をみつけて驚いた。——ロッキーの最後のレースの記録を調べると、単勝が二十票だけ売れていて、そのうちの一票は母が投じたものである。その母も今は亡い。

笠松《かさまつ》のおぼこい乗《の》り役《やく》たち（抄）

山口瞳

いかがわしいという感じが好きだ。それから、何事によらず一所懸命というのが好きだ。むろん祭りが好きだ。

この競馬場、それが渾然一体となって充満している。

僕は有頂天になり、ほとんど狂喜した。

懐しい草競馬

全国の草競馬を見て廻ることになった。馬券を買うのと、競馬場のある町を訪ねるのとの両方である。正しく言おうとすれば草競馬という言葉はない。公営競馬または地方競馬だろう。草競馬というのは、農家の人たちが農耕馬を供出して競わせるレースのことだろうが、いまや、農耕馬は、ほとんどいなくなった。

僕が公営競馬のことを、あえて草競馬と呼ぶのは、決してこれを軽蔑しているためではない。むしろ、草競馬という言葉につきまとうところの、一種の懐しさ、解放感によるものだと思ってもらいたい。

昭和二十一年だったと思うが（二十年の秋かもしれない）、戸塚競馬場が再開されたとき、僕は、まっさきに、喜びいさんで出かけていった。そうして、このときほど、平和というものを強く感じたことはなかった。青空の下で、大勢の人が集まって、天下晴れて公認の博奕《ばくち》を打つ。こんなにいいものはないと思った。防空壕のなかで、懐中電燈でもって花札を引くのとはわけが違う。これが平和というものだと思った。

二年前の夏、ちょうどその近くを取材旅行中ということもあって、船橋競馬場へ行った。前日の夜、馴染みになっていた寿司屋へ寄って、その話をすると、

「研究したって駄目だよ。①⑥が好きなら①⑥、彼女の名前がミヨ子なら③④、そういう買い方をしなきゃ取れないよ」

と、職人が言った。暗に、じゃない、明らかに、彼は八百長が行われていることを示唆《しさ》したのだった。

しかし、僕はそれを信じなかった。僕は、競馬には八百長がないと思っている。やろうと思ったってやれるもんじゃない、というのが僕の考え方である。昔、戦前の、

だから大昔、中央競馬でも八百長が行われていた。三人か四人の騎手で談合する。少頭数であれば全員で談合する。組む。一番人気、二番人気の頭を引っぱってしまう。弱い馬の単勝式馬券を買いにやらせる。こうやって、成功するのは七回か八回に一度のことであったという。割にあわない商売である。なぜならば、強い馬を引っぱって、引っぱりきれるものではないそうだ。この話を、引退したベテラン・ジョッキーに聞いた。僕は、中央競馬界のお偉方の、決して不正はありませんという談話よりも、ジョッキーの体験談のほうを信ずるという質《たち》の男である。そうであるならば、草競馬でも八百長は行われない、やれるはずがない、と思っている。

げんに、僕は、そのときの船橋競馬でも、儲かりはしなかったが、大いに楽しんだものである。ただし、ノミ屋には悩まされた。

船橋競馬へは慎重社のパラオ君と一緒に行った。パラオ君は馬券のほうの名人であり天才である。夏のことで、僕は、Tシャツにジーパン、ゴム草履という扮装《いでたち》だった。しかるに、パラオ君は、スリーピースの背広できめているし、ネクタイを着用している。これが糞叮嚀《くそていねい》な男であって、僕に向って最上級の敬語を使うし、何かにつけて頭をさげてから物を言うのである。船橋競馬のノミ屋の兄ちゃんは、僕のことを、とんでもない金満家と見てとったようだ。モト華族の旦那が家令を連れて歩いているといったような。

そうじゃないといくら言っても離れない。ただし、千円二千円という程度にしか買わない僕を見て、次第に遠ざかっていってくれた。

僕が、こんど、こういう企画でもって、全国の草競馬を廻るのだと言ったら、競馬好きの友人たちが、

「俺も連れていけよ」

「私も御一緒させてください。迷惑はかけませんから」

と、口々に言うのである。

これはどういう按配《あんばい》のものであろうか。実に不思議である。むろん、慎重社のパラオ君もその一人であることは言うまでもない。

馬券はロマンで買え

岐阜県の笠松競馬場へ行くことになった。それは、この企画の発案者であり、かつ、相棒になってくれることになったスバル君が、なにしろ、内馬場は田圃なんですからと言ったことに起因している。彼が笠松へ行ったとき、チビクロという馬が走っていたそうだ。

「なに？　チビクロ？　それだ、それだ。第一回目は笠松に決めた」

僕は、こういうことを大いに喜ぶという質《たち》の男でもある。スバル君は僕と同じ中学校の卒業生で、ほぼ二十年の後輩に当る。こういうことは非常に有難く、かつ、便利である。いざというときに先輩風を吹かせることができるからである。

三月十五日、東京駅十七番ホームのベンチに坐っていると、スバル君がやってきた。革ジャン（合成皮革であるようだ）を着ている。デンスケのような大きなアルミニュームの箱を抱えている。これはカメラであるそうだ。

十時二十四分発の、ひかり135号広島行が発車する寸前にパラオ君が乗りこんできた。

「やあ、やあ……」

僕が二人を紹介し、スバル君とパラオ君が名刺を交換した。

「中京の地方競馬招待レースで、笠松の馬が中央の馬を叩きのめしたことがあるんです」

と、パラオ君が言った。

「ああ、そうそう。そんなことがあったね。不良馬場でね。あの馬は強かった。あれは笠松の馬か」

「そうですよ。だから、私、行く気になったんですよ」

十五日は日曜日である。パラオ君は会社をサボっているのではない。

「何という馬だったっけね」

「ダイタクチカラですよ。勝ったのはリュウアラナスですけれど」

パラオ君が馬券の名人であるのは、このように記憶力が勝れているからである。

「そうだった。二着になった馬が強かった」

「そうなんです。中央のバンブトンコートとかリキアイオーというのは一流馬ですからね。リキアイオーとダイタクチカラでびっしりと競《せ》りあいましてね。ダイタクチカラが競り潰《つぶ》して楽勝かと思われたときに、大外からリュウアラナスが突っこんできましてね。一着はこの馬でした。おっしゃるようにダイタクの強さが目立ったレースでしたね」

「俺もテレビで見ていた。万馬券になったんだ」

「いや、違います。八千いくらかでした」

万馬券にならなかったということで、笠松の程度の高さがわかり、僕の期待は、いっそう高くなる。

僕が競馬をやると、文壇での評判が悪くなる。特に純文学系統の人に叱《しか》られるのである。僕は、二度、ちょっと来いと言われて、酒場の隅で怒られた。競馬をやるのはいいと言う。それを原稿にするのはよくない。原稿を書くのはまだいいとして、鳥打帽をかぶり双眼鏡を構えた写真が雑誌や週刊誌に掲載されるのは非常によろしくないと言う。二人の人に意見されるということは、少くとも二、三十人の人がそう思っているということである。意見をしてくれるのは、僕に好意を持っていてくれるということで、二度とも、有難く拝聴した。

僕は、こう思う。飲む・打つ・買うというのは人間の本能である。これをおさえると結果はよくないし、第一、そんなことは不可能である。しかし、飲む・打つ・買うの三つを同時に行うと人間は破滅するとも思っている。

それならば、なぜ原稿を書くかというと、このへんが僕のオセッカイなのであるが、僕は若いときは鉄火場にも出入りしていて、博奕に関しては免疫体になっていると思うし、そういう意味での免疫性を他人にも伝えたいという気持があるからである。

名古屋での女子大生誘拐殺人事件の犯人は、名古屋競馬だか中京競馬だかで三千万円の借金をつくったという。僕には、どうしてそういう馬鹿なことをしたのか、いったい、どういう馬券を買ったのかを知りたいという気持があった。笠松を選んだのは、少しはそのことも関係していた。

「競馬はロマンで見よ。馬券は金で買え」という言葉がある。これは、たとえば血統を調べるなどして、馬に自分の夢を托し、馬券を買うときは、大事なお宝であるのだから、慎重のうえにも慎重、警戒のうえにも警戒して買えという意味だと思われるが、僕の考えは似ているようで少し違う。

むしろ、競馬はギャンブルであるのだから、「馬券はロマンで買え」と言いたい。

僕のような小心で用心深い男は、こうくれば一万五千円儲かるというような買い方をしてしまう。これは間違っていると考えるようになってきた。

「こうくれば百万円になる、五十万円になる」

という買い方をすべきだと考えるようになってきた。僕は小額投資のほうであるが、すくなくとも、こうくれば十万円になる、二十万円になるという買い方をすべきだと考えている。そうなれば、取られても納得がゆくのである。ちかごろの評論家は、六点予想、七点予想というのが多く、ひどいのは、どれがきても儲からないということにもなってくる。

『話の特集』という雑誌の社主であり編集長であり、参議院議員中山千夏の秘書である矢崎泰久さんは、あなたは平均して、競馬ではどのくらい儲かっていますか、あるいは損をしていますかと質問されて激怒した。

ものだ。

「競馬というものは平均するもんじゃない」

矢崎さんはそう言ったが、してみると、平均すれば損をしていると白状したような

この矢崎さんが、四百万円ばかり儲けたのを目撃した人がいる。

「目の前でやられちゃった」

と、その人は言った。

僕の考えは矢崎さんにちかい。いや、最近、そうなってきたのだ。四百万円あれば、高級スポーツカーが買えるだろうし、ロールスロイスの頭金にはなるはずである。すなわち、馬券はロマンで買えと言うのは、このことである。

しかし、四十倍の配当の穴馬券を十万円買わなければ四百万円にはならないわけで、僕にその度胸はない。矢崎さんの大勝を目撃した人が、あるとき、僕に言った。

「きみ、うんと儲けて、上野のキャバレーでドンチャン騒ぎをしようっていう気持を失っちゃ駄目だよ」

矢崎さんに較べるとスケールはちいさいが、僕の言うのも、金額で言うと、この程度のことである。その程度のロマンを抱け！　ドンチャン騒ぎをせよ！

これから、どのくらい続くかわからないが、全国公営競馬場全踏破を目指している

ので、目的達成までは流離《さすらい》のギャンブラーを気取らなくてはならない。本当のギャンブラーであるならば、碁の藤沢秀行先生、作家ならば色川武大、丸元淑生さんにお願いしなければならないところである。

それに、何の予備知識もない草競馬では、いくらなんでも大勝負することはできない。その点が気楽と言えば気楽である。いま思うのだけれど、友人たちが同行したがったのは、この気楽という点にあったのではなかろうか。そうして、地方へ行けば、そこにロマンがあるという錯覚も生じていたのではないか。

あるとき、スバル君が、競馬の穴馬券を的中させて三十万円ばかり儲けた。やれやれと思ったか、これで良しと思ったか知らないが、机の抽出しに入れておいたハズレ馬券を取りだして計算しはじめた。そのうちに気分が悪くなってきたという。ハズレ馬券の合計は、どうしてどうして、三十万円なんてもんじゃなかったそうだ。自分でも信じ難いことだが、その額は百万円を越え二百万円を越えた。競馬とはそれくらいオッカナイものである。

これと同じ話を知っている。競馬のほうの専門家である知人が、何を思ったか、ある年、一年間のハズレ馬券を取っておいた。大晦日になって、そのハズレ馬券を数えはじめた。

「……五百万円、七百万円。……おいおい、冗談じゃないぜ」

彼の細君は薬剤師であって薬局を経営していたので、金に困るようなことはなかったが、急に気分が悪くなり、嘔吐を催してきて、計算を途中でやめたという。

みんな似たようなものだと思った。

さて、僕はどうかというと、ポケットのなかの小銭を猫の貯金箱にいれておく。だいたい、一年間で七、八万円になる。これが翌年の競馬資金になる。儲かれば多摩信用金庫に貯金する。競馬場へ行くときはキャッシュ・カードでおろす。いま、その残高を見ると、十一万円になっているので、今年にかぎってみれば、まだ損をしていない。その程度のギャンブラーである。

錬金術師たち

内田百閒先生は錬金術の大家であったという。これは借金のほうである。

僕は、錬金術を求めるのも人間の本能だと考えている。人が競馬場へ行くのも錬金術を探し求めているためではなかろうか。

実際、競馬場へ行って、よく耳にするのは、この馬の調子がどうだとか、血統がどうだとかいう話ではない。今日は①の目がよく出る、④は死に目だ、今開催でまだ⑧

の目がからんでいない、といった話ばかりだ。あるいは、③の××厩舎《きゅうしゃ》の馬は今日はヤリ（勝負気配濃厚）ですよといった情報である。

研究も何もあったもんじゃない。ほとんどの人が、空中から金を摑み取ろうとする法則はないものかと考え続けているのである。

そうでなくても、乗ったタクシーの番号だとか、指定券の座席番号だとか、自分の年齢だとかを、買わないまでも、ずいぶん気にする人が多い。いや、それが全員だと考えてもいい。僕などは、なるべく美人のオバサンの窓口で買おうとする。当れば、次もそこの列にならぶ。

そういうのが、ナンセンスであるのだけれど、僕には面白い。

名古屋駅で『中日スポーツ』を買い、こだまに乗り換えた。どうやら午後一時五十分発走の第六レースにまにあいそうだ。岐阜羽島駅まで二十分ばかり勉強した。羽島駅で『競馬エース』という新聞を買った。僕は一番売れている競馬新聞を買う主義でいる。東京では昔からの馴染みで『ダービー・ニュース』を買うけれど。

関西の競馬新聞は、全部横組である。これには往生した。目が疲れる。それに、記載の仕方が違っていて馴れるのに苦労する。

羽島駅からタクシー。約二十五分で競馬場へ着いた。笠松競馬場は、僕を有頂天にした。僕は、ほとんど狂喜したのである。

何がそんなに嬉しいのか、うまく言えないが、一口で言うならば、そこに昔の浅草があったということになろうか。京都や名古屋を歩いていて、昔の東京に出あうことがある。祭りの日などがそうだ。笠松は浅草であり、いや、もっと場末の祭りの情景に似ていた。

オデン屋、ヤキトリ、ソース焼きソバ、まむし（鰻）などの屋台店がびっしりと立ちならび、物の匂いがたちこめている。屋台店と書いたが、のぞきこむとテーブル、椅子の土間があり、その奥に小座敷があり、瀬戸物の火鉢が置いてあったりする。その脇で、うらぶれたような中年男が、赤ん坊の襁褓《おしめ》を取りかえている。

「これだ、これだ」

と思った。中山で競馬が行われ、阪神で桜花賞トライアルがあるときに、わざわざ笠松くんだりまで出かけてゆくというのは、吉原を通り越して千住《せんじゅ》か尾久《おぐ》に女郎買いに行くようなもんだなあと新幹線のなかで言い言いしていたのである。やっと何かが酬いられたような気がしてスバル君に感謝した。

府中競馬場でもそうなのであるが、馴れないと、どこに何があるかわからないようになっている。巨大な迷惑という感じがある。改装前の府中では、ラジオ関東の放送室は、屋上に掘っ立て小舎を建てたようなものであった。これではわからないし、そこへ登るのは危険でもあった。

わが笠松は、狭いところへ諸設備がひしめきあっていて、細い通路、細い階段の上り下り、大人でもたちまち迷い児になる。階段の脇の通路と思われたのが喫茶店であったり、人が立ってウドンを食べているので、ウドン屋かと思ったら、そこが単複の売場であったりする。

僕は如何《いかが》わしいという感じが好きだ。それから、何事によらず一所懸命というのが好きだ。むろん祭りが好きだ。笠松競馬場は、この如何わしいのと一所懸命と祭りとが渾然一体となっている。そいつが充満している。そうして、それだけでなく、そこで大好きな競馬が行われていて、金の匂いがぷんぷんしている。

僕たちは、最初に事務室へ行った。そこに例の地方競馬招待レースのゴール前の大きな写真が掲げられていて、事務局長の山本正恭さんが、

「この二頭がうちの馬です。あとの、こっちのほうの馬が中央の馬です」

と言い、指さして説明してくれた。中央競馬の馬は、およそ五馬身ばかり引き離され、一団となっている。この快挙の喜びが直かに伝わってくるような気がする。

企画広報課主任の大澤泰弘さんは、熱心で親切な青年だった。淳朴なところがある。

僕は、地方競馬の従業員は、横柄で突慳貪《つっけんどん》で不親切だとばかり思いこんでいたが、まるで逆だった。言いにくいけれど、中央競馬会の職員は、総じて威張っているものである。

大澤さんが、二階スタンド正面の特別室に案内してくれた。そこには、すでに特別来賓室という貼紙があった。女性事務員の優しいこと、当りの柔らかいこと。

「これで情婦《スケ》でも連れてきていたら、ヤクザの親分だな」

暖い部屋で、僕はすぐに悪乗りしていた。

笠松競馬場では、ゴール前の内馬場が曳馬所《パドック》になっている。これはオーストラリアふうだそうだ。坐ったままで出走前の馬の状態が見られるのである。

その笠松の馬であるが、中央の馬と較べると、何かノソノソとしている。足がふとい。

レースを調教がわりに使うことがあるようで、いくぶん太目につくってあるためである。公営競馬で、もっとも注意すべき点がこれだ。従って連闘馬が多い。

競走用のサラブレッドというのは、いかにも繊細優美であって、特に巨体を支えるところの足がまことに細く、壊れものを見る感じがする。動物ではない動物だと、いつでも思う。

笠松の馬は、これはもう、まごうかたなき動物である。レースが終ると、三コーナーと四コーナーとの中間にある馬房から、次のレースに走る馬たちが、馬手に曳かれて、のっそりのっそりと歩いてくる。いかにも動物だという感じがする。たとえば、動物園へ行って縞馬を見るとき、この縞馬の駈けるところを見てみたいと思うことがないだろうか。キリンでも象でも僕はそんなことを思う。それに近いと言ったら感じがわかってもらえるだろうか。

『公営競馬入門』(野町祥太郎著、三恵書房刊)によれば、笠松競馬は常に二千円以上の馬券を追うこと、出目は一枠から流せ、八枠が注意枠となっているので、第六レース、①⑧本線で流したが、結果②⑧で、連複の配当は三百三十円。こういうこともあるようだ。というより、公営だから荒れると考えるのは間違いだろう。

驚いたことに、スバル君の戦法は、万馬券だけを狙うというものであった。僕の経験によれば、こういう戦法であると、「お金が面白いように減ってゆく」ことになる。

向う正面の奥の土堤は木曾川であり、右に名鉄、左に国鉄の鉄橋がかかっている。内馬場は田圃と畠であり、墓もある。墓のそばの囲いのなかに二頭の羊がいる。

「秋になって稲架《はさ》に稲をかけると見えなくなるで……。お客さんから文句が出て、五段がけを三段にしてもらったことがあるで……」

大澤さんが言った。彼は、次々と諸資料を持ってきてくれる。

レース中にコースを横断して墓参りに行く人があるそうだ。岐阜羽島駅は田圃のなかにあると承知していたが、それがここまで延長してきて、田圃を柵で囲って、そこを馬が走っているのである。そうして、一万四千二百七十六人の観客が、酒を飲みながらお祭り騒ぎをしている。

名鉄のずんぐりした赤い車輛には特徴がある。国鉄のほうは、長い長い貨車が鉄橋を渡ってゆく。その眺めは、まさに牧歌的である。

「こっちは天引でお金をいただいとるで……。いくら儲けなさってもかまわんで……」

大澤さんが、いくらか間のびした口調で言った。僕は、この淳朴な青年が好きになってしまっていて、すっかり甘えている。すぐ目の下を走るのだから、その迫力は、中央競馬以上と言っても御世辞にはならない。

第七レースが荒れて六千二百九十円の配当。これを二十万円買った客がいて、そういうニュースはすぐに伝わってくる。おそらく、千二百万円という金が払戻場になくて本部に連絡があったのだろう。

第八レース。僕は一番人気の④⑤一点。人気もそうだが、馬を見て、勝てると思った。締切間際に腰を浮かしたパラオ君に馬券を買ってきてもらった。果たして④⑤二頭でぶっちぎり。このマルカダイジンに騎乗した伊藤強一君は、目下のリーディング・ジョッキーであり人気騎手である。ペース判断がいいようだ。

「おめでとうございます」

と、パラオ君が言った。僕は三千円買って三百四十円の配当。すなわち一万とちょっと。それでも気分のいいものである。

「へっへっへ。わたくしも乗っけてもらいまして④⑤二万円。へっへっへ。おかげさまで、やっぱり一点で。モノが違いますよ、はい。うっへっへ」

だから、東大法学部出身というのは厭なのだ。六万八千円か。しかし、彼は、それを、そっくり、次の本日の呼物、マーチカップに投入して敗れた。

その第九レースに、公営日本一というブレーブボーイが出走した。名古屋で十一勝、当地でも五勝という八歳馬である。鞍上《あんじょう》は、笠松の福永洋一と称される二十一歳の安藤勝己。昨年度は、なんと百十二勝している。

「……たぶん、廻ってくるだけだで」

場内放送をしている下川博さんが、ふらりと入ってきて言った。この公営日本一の黒鹿毛は、すでに売りきれている、燃えつきているという意味である。

ここで注目すべきことは、本日が大観衆になったのはブレーブボーイが出走するためだということである。さかんに声援が飛ぶ。この、燃えつきている馬が人気になっている。『競馬エース』の見出しは「ブレーブファン大集合!! 待ちに待った再出発の時が来た。千両役者の走りっぷりに注目！」となっている。

公営競馬の良さはここにあるのではないか。俺《お》らが日本一の馬を見にきて、負けるとわかっている馬券を買うのである。公営ファン気質《かたぎ》というのがこれである。セコイ博奕を打つところの僕も、場内の熱気につられて、この馬を買った。結果は九頭立ての七着。なるほど、中央で言えばイシノタイカンといったところで、売りきれている。翌日の成績表で見ると、単複ともに一番人気。そんなことが僕には嬉しいのである。

希望という名の病気もある

寺山修司

山崎ハコの唄っている『テンポイントの詩』は、何度聞いても心に沁《し》みる。とくに、他の客のいない酒場のカウンターの止まり木で聞くのがいい。外に雨でも降っていれば、もっといい。

もし　朝が来たら
グリーングラスは霧の中で
調教するつもりだった
今度こそテンポイントに代って
日本一のサラブレッドになるために

もし　朝が来たら
印刷工の少年はテンポイント活字で
闘志の二字をひろうつもりだった
それをいつもポケットにいれて
よわい自分のはげましにするために

テンポイントが遺《のこ》したものは、記録ではなく、思い出だった。

ゆきつけの酒場のボトルに一本、テンポイントとマジックで書いた、まだあけてないウイスキーが一本……。ママに、「あんたも好きだったのか」と聞くと、だまってうなずいた。

宿敵の天馬トウショウボーイ、グリーングラスを一蹴《いっしゅう》したテンポイントの有馬記念グランプリレースのあざやかな勝ちっぷりも、今では語り草となってしまった。

テンポイントの死因は、レース中に骨折し、手術したあと、蹄葉炎を併発したことであった。蹄葉炎は、ふつうには美食で起こるものとされ、米や麦を食べすぎて、「過食性蹄葉炎」とよばれる馬の病気にかかるものとされていた。しかし、テンポイントの場合は「負重性蹄葉炎」とよばれるもので、蹄《ひづめ》に体の重みが加えられ、骨折した足が、体重を支えきれなくなったことが原因だったのである。これは、一般的には不平坦硬地での激しい運動、長途の騎乗、そして汽車汽船などによる輸送によってひき起こされることが多いもので、重症になると、不治というのが、獣医の常識とされていた。

サラブレッドの体はデリケートなので、釘傷、踏創などから化膿《かのう》して重症化することも少なくなかったが、しかしテンポイントのように死病となることは、きわめて稀《まれ》だったのである。もともと、テンポイントの一族は、病いに呪《のろ》われつづける宿命にあった。ファンなら、誰でも知っているように、テンポイントの祖母クモワカは、伝貧（馬伝染性貧血）にかかった馬であった。この病いは、ウイルス感染による慢性伝染病であり、いったん感染すると、生涯治癒することはない、と思われていた。

それで競走馬の世界では、「見つけたら、必ず殺す」という決まりになっていたのである。だが、クモワカの馬手は、愛馬を殺すにしのびず、「殺した」といつわりの供述をして、クモワカを人目にふれぬようにかくして、看病した。そして、まったく奇蹟的にクモワカは、伝貧から癒《い》えて、カバーラップ二世とのあいだに仔を産んだ。それがテンポイントの母のワカクモである。

だが競馬界では、「殺された馬が妊娠するわけはない」という理由でワカクモを認知しなかった。そこで、長い裁判があり、ようやくワカクモは母の志をついで出走資格を得、桜花賞に勝ってクラシックホースとなったのである。

テンポイントは、そのワカクモの血をひき継ぎ、一段とたくましく成長し、とうとう有馬記念グランプリに勝って、日本一の名馬となった。だが、晴れの海外遠征を前にして、骨折し、蹄葉炎にかかって死んだのである。

山崎ハコの唄は、次のようにつづけられる。

もし　朝が来たら
カメラマンはきのう撮った写真を
社へもってゆくつもりだった
テンポイントの最後の元気な姿で
紙面をかざるために

もし　朝が来たら
老人は養老院を出て
もう一度自分の仕事をさがしにゆくつもりだった

「苦しみは変らない　変るのは希望だけだ」
というこどばのために

ところで、サラブレッドのかかる病気にはどんなものがあるのか、考えてみよう。日本脳炎、インフルエンザ、伝貧、破傷風。この四つが、もっとも重要な伝染病ということになっている。

しかし、他にもいろいろあるのだ。たとえば、馬伝染性子宮炎は、サラブレッドにしか発生しない病いである。

これは伝播力のはげしさに加え、競走馬は移動がひんぱんであるという事情が災いしている。短期間内にフランス、オーストラリアに蔓延《まんえん》し、一九七八年二月には、フランスからの輸入雄馬を介して、米国ケンタッキー州の牧場に持ちこまれた、という記録がある。おそらく、わが国への侵入も考えられるという、恐ろしい疫病のひとつだと言ってもいいだろう。

アフリカ馬疫、という急性の単蹄類の伝染病もあるが、これは昆虫によって媒介され、死亡率は九十五パーセント、という高さであるが、さいわいなことに、わが国では流行していない。

七八年九月から、美浦のトレーニングセンターに発生したウイルス性疾患（発熱、発疹、四肢の浮腫）は、ゲタウイルスによるものだと推定されている。ウイルスは、動脈炎のもととなり、妊馬に伝染すると、ほぼ間違いなく流産すると思われているのだ（英米では、馬丹毒、ピンクアイと称されるウイルス性疾患もある）。

当然、性病もあり、膿疱性陰門膣炎、亀頭包皮炎などもある。挙げればきりのない競馬場の伝染病のなかでもっとも重いのは、言うまでもない。一攫千金を夢見るファンたちのかかる「希望という名の病気」なのである。

11R
競艇

僕が競艇を好きな理由

蛭子能収

テレビの仕事が増えてくるにつれ、悲しいかな大好きなギャンブルに行く回数が減ってしまうのは仕方がないというか、まあ我慢するしかありません。それでもたまに丸1日休みがあると、数日前からわくわくして仕方がありません。

18歳でパチンコデビューして以来今日まで50年間、競艇、競馬、競輪、麻雀、ルーレット、花札、パチンコ……と、ありとあらゆるギャンブルをやってきましたが、なんといっても僕が一番好きなギャンブルは波の上を爽快に走る競艇です。

僕にとって人生で最も幸せを感じる時間は、競艇に行く前の晩、布団に入る瞬間です。明日競艇場に行ってレースを予想している自分の姿を想像するのが僕の至福の時なんです。もっとも、競艇に行くと決めたら、前日はおろか前々日から朝早く目が覚めてしまうほどです。

これまで全国のほとんどの競艇場に足を伸ばしましたし、実際に競艇用ボートに乗せてもらったこともあるんです。

ペアボートといって、運転はプロの競艇選手が担当して僕はその前に乗るんです。運転も少しやらせてもらいました。たしか富士五湖の一つ、本栖湖《もとすこ》だったと思います。いやあ、怖いんですよ、ものすごいスピード感があって。たとえて言えばコンクリートの上を猛スピードで滑っていく感覚というのでしょうか。普段はバシャバシャと平和な音を立てている湖面も、ボートが猛スピードで滑ると水面がコンクリートのように硬くなるんです。それに、ボート全体が振動するのでそれが身体に伝わってきてすごく痛いんです。乗る場所は人ひとりようやく滑り込めるスペースしかありませんし、ボートの重さを軽くするためにベニヤ板で座席部分が作られているので、ゴツゴツからだに当たって辛いどころの話じゃありません。

ペアボートだから、本番用の競艇ボートに比べるとスピードは半分の40キロくらいしかでないんですが、それでもすごい迫力でした。

これが本番の本格的競艇ボートだったら時速80キロ以上ですから、その怖さと迫力といったらもう想像を絶します。

競馬も時たま騎手が落馬して重症を負ったり、中には運悪く死亡したりすることもありますが、競艇だってもう何人も死んでますから。転覆してスクリューに巻き込まれてやられちゃうんです。

転覆なんてトラブルはそう珍しいものではないんです。まさに競艇は命がけのギャンブルなんです。

それに有り金を賭ける僕たち競艇ファンも命がけなんです。

僕は多摩川競艇や平和島競艇に行くと、自慢じゃないですが、いつものヘラヘラした顔つきなんてどこかにかき消えて、目が釣り上がっていますからね。普段テレビでは見せることのない〝ギャンブラーの目〟に変わり、身体からは近寄りがたい殺気めいたオーラがメラメラと燃え上がっているはずです。

ギャンブル、とりわけ競艇をやる時には、僕は常に真剣な男となるのです。

競艇も人生も予想通りにならないからこそ面白い

競艇は6隻のモーターボートが走行し、簡単に言うと、1着、あるいは1着と2着、もしくは1着と2着と3着を当てる公営のギャンブルです。

競馬のように万馬券が出るということはあまりないのですが、本命確実と言われた選手がこけたり、大穴の選手が来たりして、けっこう荒れるレースが多いというところも僕が競艇を好きな理由のひとつです。

人によっては競艇には「鉄板レース」、つまり1、2位確実の固いレースがあるように言う人もいるみたいですが、僕からするとこれはありません。鉄板レースがそんなにあったら、みんな勝ってしまいます。実際に僕は鉄板レースだと思って何度も負けています。鉄板レースだと思って買って、もし本当に勝てたとしたら、それはタマタマきただけです。ですから鉄板レースなんて噂は信用しないほうが無難です。鉄板レースなんてはっきり言ってありません、と僕は断言します。

僕の場合は本命選手を買うことはあまりしません。むしろ反逆児を選ぶことがよくあります。

第一、本命選手がスンナリいくレースっていうのは面白くありませんから。そう思いませんか？　ギャンブルも人生も本命が来ないところに面白さがあるんです。

だから反逆児を選ぶ、弱い選手、誰からもあまり見向きもされていない選手が勝つシーンを想像し、かつ実際にそんな場面を見るのが好きなんです。

そんな弱い選手を応援する意味もこめて、僕は穴をよく買います。

この考え方は先に「ギャンブル人生の哲学」のなかで書いた「持ち金の1割勝てばよし」と矛盾するじゃないかと言われるかもしれませんが、たしかに本当に少しでも固く儲けたかったら、本命をコツコツ買い続けていったほうがトータルからみればいいはずです。

でも、僕は子供のころいじめられてきましたから、やはり、弱い選手を無意識に応援したくなってしまうんです。

だからといって大穴、中穴狙いばかりやっているわけではありません。それではギャンブラーとして失格です。あくまでもお金を稼ぐことが目的ですから。

競艇ではよく言われることなんですが、流して買うのが損をしないコツなんです。

ですから、僕も一度のレースで10点買いなんてことは当たり前、なかには18点買いなんてこともよくやります。それでいいんです。点数を増やして買ったほうが、当たる確率が高くなるのは当たり前のことですから。

これを、注目されない弱い選手になんとか頼んだぞ、なんて一点勝負でドーンと10万円ぶっこむようなことは、いくらなんでも無謀で僕もしません。

穴も買い、固くも買う。

このへんも人生と同じです。自己主張せずコツコツ働きながら、夢は捨てない。

このバランス感覚が大事なんです。

多摩川競艇で目撃した伝説のギャンブラー

競艇場は普段僕たちが見ている社会とは明らかに異なる独特の雰囲気に満ちています。

一歩足を踏み入れると、そこはワンワンとわめきちらす灰色のオヤジたちの喧騒の世界が広がっています。お立ち台にズラーっと並んだ、見るからに怪しい風貌の予想屋たちが一斉にダミ声を上げています。その近くの屋台では豚の臓物が酒の肴として売られています。天井を見上げるとひと昔前のホスト風の顔立ちをした選手のポートレートがズラッと飾ってあります。

もちろんハイヒールを履いたモデルのようなきれいなお姉さんはいません。いるとすれば、おっさんたちや若いお兄さんが連れて来た茶髪のコギャルっぽい女の子ばかりです。

もっとも最近の競艇場は時代の変化と共にどこか全体的にオシャレな雰囲気に変わってきたようで、オヤジの僕としてはちょっと寂しい感じもします。

それでも同じレジャー地であっても、六本木のミッドタウンや東京ディズニーランドでは決して味わえない別世界であることには変わりありません。

そんな競艇場は、人生の縮図のような場所でもあります。

人生の天国も地獄も見たような（まあ、地獄を見た人が多いとは思いますが）おやじたちが集まって来ます。

これまで僕もいろんな風変わりな中年おやじの姿を目撃してきましたが、中でも一番記憶に残っている人がいます。

確かバブル経済が破綻するかしないかの時期だったと思います。その頃は今と違って開催されるたびに多摩川競艇に通っていた時代です。

その多摩川競艇によくホームレスのおじさんが来ていたんです。

長い髪というのか伸ばし放題の髪を背中まで垂らして、それがまた長い間洗っていないためにカチカチに固まっていて、そのまま寝るときに枕代わりになるんじゃないかとさえ思えるほど見た目のインパクトが強い人なんです。

そのホームレスのおじさんも少しはお金を持っていたらしく、毎回賭けているんです。そのおじさんは話好きらしく、毎回来ているうちにギャンブル仲間が増えてきて、いつの間にか多摩川競艇のちょっとした人気者になっていました。

おじさんの腕がいいせいなのでしょうか。小額しか賭けていないはずなんですが、かなりの確率で勝ってたみたいで、競艇場に来るたびにだんだんこざっぱりした格好になっていくんです。

それから一年もすると高級そうなスーツを着て現れるようになり、ギャンブル仲間のなかでも一番オシャレなおじさんに変わっていました。

きっとそのホームレスのおじさんは自分の頭で考えていたんだと思います。

ホント、人生とギャンブルは先行きがわかりません。

だから両方とも面白いんでしょうね。

第８レース、一八〇〇メートル！

横山やすし

力強いレース宣告の声と共に、六選手いっせいにピットを離れ、待機水面を旋回する。この時選手もスタンドのファンも、それぞれの夢を胸に抱いて、じっと重苦しい空気の中に身をしずめる。

〝スタート１分前〟の声と共に、胸は高鳴り体は熱をおびる。

一号艇と五号艇がインに入る、我が全ての夢をかけている六号艇の選手は、他の五艇を気にしているやいなや、独り待機水面を突走っている。

その姿を見ていると、余裕しゃくしゃく貫禄十分とも見えるし、またアウト型の選手なので、「もうレースをあきらめてるのかなァ」といろんな事が頭に浮かび心を迷わす。

〝スタート30秒前〟

コースは決った！　インコースより、１４５２３６の順。

〃スタート15秒前〃

まるで自分が走る時のように〃かまし一発〃と心の中で手を合す。

スタート！

ぐっとレバーを握り込んでスタート。誰が先行するか、インが先か、かましが決まるか。

やった！　かましが効いた。

一Ｍ先行六号艇、続いて四号艇、三号艇、５番、１番、２番と続く、思わぬ伏兵にスタンドは沸く。

「６の頭や、穴やで！」

と誰かが大声でわめく。胸のすくようなかましだった。

本命買って負けた者は、水かぶってヨタヨタ走っている本命選手をじっと見つめ、手にしている舟券を見ては、口惜しそうに眺めている。そうかと思えば、ある者は、狂人のように、

「見てみ、６のかましがこわいて言うたやろ！」

誰かに言っているのか、一人で怒っているのか知らないが、とにかく彼は激怒する。

プールの選手も、スタンドのファンも一マーク（以下一Mと云う）で喜び、一Mで泣く。

一度一Mで勝って笑ったファンは、必らずと云ってよい程、次は泣く。泣いた奴は、今度こそ笑ってやろうとすべてを投資するがそれでも笑えない。笑えないのにやめられない。それが競艇の魅力なのかも知れない。

私は、ボートレースに自分の望みをかけ、そして夢もかける。

選手と云う自分の心の代理人に惚れて、どこまでも追いかける我そして人生。

艇にかけたる　この生命
なんで惜んで　なるものか
飛び散る根性の　波しぶき
きっとにぎるぞ　日本一

水上を突走っている彼奴は、こんな詩を頭に浮かべながら、負けても負けても辛抱強く走っているに違いない。

俺は彼奴が勝つまで追っかける。

彼奴は走りながら俺を見付けて、ニタッと笑う。

「ばか、笑っている暇はない、真面目に走れ」

とスタンドからハッパをかける。

彼奴は、けんめいに追いすがり、2着になった。高配当。

ゴールして元気よくピットへ帰る時、また俺の顔を見てニタッと笑う。今度は俺もニタッと笑う、合うた!!


こんなに気の合う彼奴なのに、未だに二人きりで会ったことはない。悲しいことだ。芸能人のファンなら、楽屋へ訪ねていけばたとえ相手が面倒くさがっても、一、二分は会えるが、選手の場合はそうも行かん。選手=レース、その裏には何があるか、八百長があるから、面会は許されないのである。

好きな選手に会えなくとも、その選手のレースさえ見られれば良いのだ。別に気にすることもない。

何が何んでも競艇が好きなんだから、これも仕方がない。

競輪

ギャンブラー英才教育

浅田次郎

親子代々女好きの家系、というものはある。酒好きの家系というもの、これは歴然とある。ではバクチ好きの家系というものはどうかというと、これはあるようで実はほとんどない。

本当のバクチ好きはたいてい一代で破滅してしまうので、そもそも家系というものがありえない。また何とか家庭を維持しても、わが子には「バクチだけはやるな」と厳命し、妙に堅実な子供に恵まれたりする。

ところが、私の家系は稀有の例であった。祖父という人は自称「筋金入りの博徒」であったが、すさまじいバクチ好きであった。博徒とは、バクチを開帳してテラ銭を上げる稼業のことであるから、バクチ好きでは務まらない。だから元は「筋金入りの博徒」であったかどうかは知らぬが、私の物心ついたころには「筋金入りのバクチ好き」であった。

ともかく祖父は七十を過ぎるまで一年の三百日ぐらいを競馬競輪に通いつめ、夜は毎日パチンコに通っていた。

戦績はどうであったのか、そんな暮らしをしながら天寿を全うしたところを見ると、はたで言うほどの放蕩老人ではなく、むしろ名人の部類であったのかもしれない。

こうした家の場合、ふつうその子、つまり私の父親は堅物になるはずなのであるが、これがまた祖父に輪をかけたバクチ好きであった。

時代背景というものもあるのだろう。大正末年に生れた父は、幼い日々を金融恐慌の不況下で育ち、長じては兵役に取られ、九死に一生を得て復員した故郷は焼野原であった。おそらく堅実さなどというものの通用しない時代を生き抜いてきたのだろうと思う。

祖父はいわゆる「宵ごしの銭は持たぬ」タイプの江戸ッ子であったが、父は極めて経済感覚の鋭い人であった。バクチを打つかたわら事業を営み、けっこうな財産も作った。もちろんバクチも名人であった。

父は私に、バクチを打つなと言ったことはない。ただ、バクチについての多くの金言を遺した。ふつうの親なら、人生がどうのとか学問がどうのとか、くどくどと口にする説教は何ひとつ言わず、教えたことといえばバクチに勝つ方法ばかりであった。一種のギャンブラー英才教育とでも言うべきか。

思い出すままに、そのいくつかを挙げてみる。

〈米を買う金もバクチを打つ金も、同じ金である〉

まさに金言。場の内と外とで金の値打ちが変わるようでは、決して勝てはしないということだ。

〈バクチは努力。運だと思うのなら宝クジで辛抱しろ〉

これに付け加えて、「博才というものがあるのなら、それは努力のできる才能のことだ」とも言っていた。

〈あれこれやるほど簡単ではないぞ〉

競馬一辺倒であった私が、「今度競輪を教えてくれ」と言ったとき、にべもなくこう答えたものだ。父は終生、競輪しかやらなかった。

〈酒と女はご法度〉

父は酒も飲み、女道楽もしたが、競輪場で酒を飲んだり、女を同伴したことはなかったそうだ。

〈バクチは体力。健康な体が健康な状態でなければ勝てない〉

つまりバクチ打ちたるもの、常に体力の維持を心がけ、過食や寝不足の状態で勝負に臨んではならないのである。

〈すべてのバクチの勝敗を左右するものは、テラである〉

これには多言を要すまい。深い説明は避けよう。

と、まあ思い出せばきりがないのだが、こうした有り難い親の訓えをきちんと守って、私もかれこれ四半世紀、ギャンブルに血道を上げてきた。やはり父の訓えにより、正確な収支明細と経費の明細をメモしているが、たしかに年間を通じてマイナストータルということがない。

そう、もうひとつ肝心な訓えがあった。

〈バクチは道楽だ。仕事にするな〉

私の仕事は小説家である。幼いころからそうと決めていた道なのだが、初めて原稿が活字になったのは三十五の歳で、一冊の本になったのは三十九だった。一円の収入にもならなかった長い間、父は会うたびごとにこれを言った。

父は十年前に神田の実家を引き払い、伊東の別荘に住んで悠々自適の余生を送った。

読者の多くはその理由がおわかりになるであろう。地元の伊東競輪をはじめ、小田原、平塚、少し足を延ばせば静岡と、競輪三昧にはまこと願ってもないロケーションである。

一年前に古稀の祝いをして以来、連絡が途絶えた。何か気に入らぬことでもしたかな、と考えても思い当たるふしはなかった。

一冊目の本が出版されて以来、まるで今までのくすぶりようなど嘘のように、私の仕事は忙しくなった。たぶんそれを気遣って連絡もしてこないのだろうと思った。父は新しい小説が刊行されるたびに、競輪仲間に自慢をしたそうである。連載小説が掲載された週刊誌の発売日には、宇佐美の駅まで行ってキヨスクの店員にさえ見せびらかしたという。

父をモデルにした小説「地下鉄《メトロ》に乗って」が、この春の吉川英治文学新人賞を受賞した。

その吉報を待つようにして、父は死んだ。肝臓癌が判明したのはちょうど一年前のことで、本人も告知を受けていたそうである。要するに父の厳命により、勝負どころにさしかかっている私に、家族は誰も病状を伝えなかったのであった。

〈バクチは何よりも面白い。だが、他にやらなければならないことは、いくらでもあ

る〉

父の金言のひとつが、また甦る。

後に母と妹の口から聞いた最期の様子はこのようなものであった。

癌は老人性のものであるから、五年の余命は保証されていた。検査を受けるために東京のマンションに戻り、少々風邪ぎみであったのが京王閣競輪に出かけた。それが命取りになった。風邪をこじらせて肺炎を起こしたのである。

呼吸不全になって救急車で順天堂に担ぎこまれ、一進一退の病状をひと月ばかりもくり返した。その間も、新人賞の候補に上っていた私には連絡を禁じていた。

訃報が届いたのは、授賞式の翌々日である。全く予想だにしないことであった。待っていたとしか思えなかった。

しかも、ほとんど同時に、この原稿の依頼がきた。ふしぎなめぐり合わせである。

父は競輪の草創期からの、最も熱心なファンであった。おそらくその全てを見てきたにちがいない。だが私は、ついぞ父と競輪場に行ったことはなかった。つまり、一世一代のギャンブラーの、バクチを打つ姿をただの一度も見たことがなかった。

最期の言葉がふるっている。意識も定かではないのに、「3—5、一万。3—6、五千買ってこい」、と妹に命じたそうである。しばらくして、「どうだった」と訊くので、「3―5で来たわよ。七百円ついた」、と妹が答えると、「そうかあ。あんがいつかなかったなあ。みんなうめえなあ」、と言った。

幸福な人生であったと思う。生涯バクチを打ち続け、しかも終りの十年は住いを引越してまで競輪に没頭した父は、やはり名人中の名人であったのだろう。戦績はどうであれ、人生の結末からすれば大勝利にちがいない。

訓えを守れば、きっと私も破滅せずにすむと思う。しかしひとつだけ禁忌をおかして、毎年の命日には伊東競輪場のスタンドに立ってみようかと思っている。

明日の新聞

伊集院静

夜の関門海峡は雨に煙っていた。

大橋を渡る時、いつもなら眼下に見えるはずの長府《ちょうふ》の工場の灯りが、水底に沈んだビー玉のようにぼんやりと揺れていた。

「よく見えないな……」

私のつぶやきが聞えたのか、運転手は、

「何がどう見えんのですか？」

と聞いた。

「工場の灯りだよ」

「雨が降り出したんで、霧が立ちはじめとるんでしょう」

私は左の窓から目をはなして、海峡の右手を見た。そちらも同様ににじんだような薄闇の海であった。

その窓にA記者は身体を寄せて眠っている。

「お客さん、ちょっとものをたずねてもいいですか？」

運転手があらたまった口調で言った。

「何？」

「さっき病院の外まで見送りに来た若い人は山口県のS選手じゃないかね」

「そうだよ」

「競輪祭におらん思うとったら怪我をしとったんですか」

「うん」

「見舞いですか」

「ああ」

「S選手は、いい足をしとりますね」

「……」

私は黙って聞いていた。あとはほとんど運転手のひとり言のようだった。

Sが車椅子に乗れるようになった。

もう松葉杖で歩くようになった。

昼間はバーベルを持ち上げている。

私は競輪選手から耳にする彼の回復ぶりを、内心手を叩きながら聞いていた。

先刻、そのSに逢って来た。

病院に着くまで、A記者はじっと闇ばかりの車窓を睨《にら》んでいた。

それが松葉杖をついて歩いて来たSの姿を見てから、急に安心したようにやわらかい目になった。

――もう自分は二度と自転車に乗れないかも知れません……。

と天井をじっと見て言った三カ月前のSが、今夜は、

「たとえプラスティックを入れても、自分はもう一度走ってみせます」

と目をかがやかせて言った。

帰りの車で、A記者が眠る理由もよくわかる。笑っているようにも見える。

小倉の競輪祭に来ている。

年に一度、この祭りを見物に私は小倉の街を訪れる。競輪の発祥の地である小倉では、もう三十二年間この大会が催されている。

いつも常宿にしていたI旅館が一杯だった。大きなくすの木が玄関にあり、宿代も

格安の旅館なのだが、先月、予約を入れるとすでに満杯である。それだけ競輪がブームになっているのだろう。

「趣味は何ですか？」

と聞かれると、

「競輪くらいでしょうか……」

そう答えると、

「あれは八百長があるんでしょう？」

と聞き返されることが多い。

「今はありませんよ」

「昔はあったんですか？」

「さあ、それは知りません」

そんな時は今の選手の日々の暮し振りを説明する。

「彼等は朝、夏なら五時前に、冬場なら六時にはもう自転車に乗って家を出て行きます。それから日が暮れるまで、それはきびしい練習をしていますよ。すべてのプロ・スポーツの中で自分から練習にむかって行き、これほどきびしい日々を送っているプロ選手はいないでしょうね」

「そんなもんですか」

「一度競輪をすぐ目の前でご覧になるといいですよ」

それでもなかなか競輪場へ足を運ぶ人はいない。

「いろんなことをやったけど、俺はやっぱり競輪が一番面白いね」

運転手はまだひとり言を話している。

「どこがいいんだろうね、お客さん？」

話好きなのだろうか……。

「四十年前に、あの頃一番スピードの出る乗り物で競走をこしらえたからだよ」

「そういうものかね」

「だから今の若者はF1グランプリに憧れるんだよ」

「じゃ、若い者はもう競輪場へ来ないか」

「そうでもないよ。今の競輪はスピードが上って来てるもの」

「そうだね。迫力あるものね」

私はある時期、一年のほとんどを競輪場と酒場で過ごした。

今はその時にできた借金をただ返済しているだけかも知れない。しかしいっこうに数字は逆転しない。深みにはまって行くだけである。それでもあんな楽しい一年は、もう二度と私の人生にはやって来ないように思う。

「車券はあまり買わん方がよかですよ。走っとる選手が、誰が来るかようわからんとですから」

日本で一番の追込みの足を持つ〝鬼脚〟の異名を持つ井上茂徳が言う。うん、うんとうなずきながら、私は笑っている。

競輪に出逢ったことで、私はさまざまなことを知った気がする。

芹沢博文九段、色川武大さん、亡くなった二人の先輩が競輪場で見せた少年のような横顔、ギャンブルの旅の夜に酒場で聞いた話、今も北から南から集まって来る競輪の友人たち。

そして何より競輪選手たちがいい。気負いこそすれ、気取っている者はほとんどいない。

「お客さんなんか選手をよくご存知だから、車券も当るでしょうな」

「ならこんな暮しはしてないよ」

「やっぱり当らんものかね。そうだろうね。俺は時々思うんだ。翌朝競輪の結果を眺めると、一着と二着の選手が来た理由がちゃんとわかるんだ。だから一生に一回でいいから、明日の新聞を手に入れたいもんだと思うよ」

「そりゃあマズイよ」

「マズイって?」

「明日の新聞を手に入れたら、その中には運転手さん、あんたや家族の死亡記事が載ってる可能性もあるだろう。そうしたらどうする?」

「好きなことしてから……、いや駄目だ。やっぱり怖いねえ、娘のことなんかが載ってたらやり切れないもんな」

正直な運転手だと思った。

たぶん私をふくめて皆結果がわからないから、馬券を舟券を車券を人々は買うのだろう。

するとそこは明日を待っていることと同じ類いの、夢を捨て切れない気持ちを持って生きている人たちの、楽園かも知れない。

ギャンブルの帝王、それが競輪

阿佐田哲也

ついこの間も川崎競輪場へ行って来たが、何十年来よく顔を合わせたファンの数がめっきり少なくなってきている。予想屋の代替りも進んでいるようだ。たまに顔見知りのオールド・ファンに会うと、「お互いコロされずによく頑張っているねえ」とつい呼びかけてみたくなる。麻雀とちがって、直接のコロし合いをするわけじゃないから、長い間しのいできた者にしかわからない奇妙な同志的感情が湧き上がってくる。だから、足が遠のいていった人々にも、いささかの感傷なしとしない。

選手には引退式や引退告知があるだろうが、ファンについても引退の告知をやってもらいたいくらいだ。もっとも、名前なんかお互い知らないから、写真が必要だけれども……。

ポーカー、ルーレット、花札、麻雀、その他いろんなギャンブルに長年親しんできたが、そのコク、味わい、読みのどれについても競輪が群をぬいていると思う。その魅力はとても一言では言い尽くせないけれど、その最大の特徴は「推理をつみあげてゆく」面白さである。選手の戦法、性格、脚力、人脈等のデータを集め、実際のレースの動きを見てそのデータを修正していく。経験の〝貯金〟が競輪を「複雑、高踏、難解でスリリング」なものにしている。

競輪は、〝選手の読みや調子〟を推理する推理ゲームでもあり、また、一面無数のファンとの知恵くらべであるともいえる。つまり配当との闘いという側面が、いわくいいがたい醍醐味を加えている。一勝九敗でも儲かることがあるのだ。そして、なによりも人間臭いところがいい。

競輪をやっているうちに多くの友人ができた。大勝しての帰途、皆で飲んだ酒のうまさ、オケラ街道をトボトボ歩くそのやるせなさ――それでもなぜか、また足が競輪場へ向いていく。

本書*には、この私と同じように競輪の魅力にとりつかれた人たちの〝生傷〟とカクカクたる〝武勲〟が掲載されている。

あるとき友人の一人が、「競輪がなくなったら、生きている価値がない」と嘆息したことがあった。ファン離れが激しくなったころのことである。競輪への熱い思いが昂じて、ファンサイドからこの本がつくられることになった。その熱意だけは、皆さんに読み取っていただけるハズである。

●

競輪というレースはどうもわかりにくい、という声がある。初めて競輪を見る人が異口同音にいうのは、どうして一列になってしまうの、とか、並びはどうして決まるの、である。

さもあらんと思うのは、私自身も最初のころはそうで、先輩の友人からよく教えてもらったものだ。競輪というのは実に面白い競走なのだが、覚えるまでがどうもむずかしくややこしくて、なかなか馴染めないものだ。そういう点はマージャンに似ている。

そうして競走用自転車に乗ったことのある人はごくわずかだから、自転車の機能にくわしくない。まくった選手がごぼう抜きにしていくのを見て、あんなに強い選手がなぜ全勝しないのか、と思う。それでこれは八百長ではないかと思ったりするのだ。

それでも後楽園競輪場があったころは、都心部だし、場外馬券を買いに行ったついでに入場したりして、だんだん覚えていったものだが、今はよくわからないレースを見にわざわざ郊外まで行かない。したがって新入生が少なく、客の新陳代謝にさしつかえることになる。実際どこの競輪場も、古手のファンばかりになっているような気がする。

そこで新しいファンを歓迎する意味で、競輪というレースをスタンドで見る立場からご説明しておく必要があると思う。

といっても、競輪も産声をあげてから、もう四十年近くになった。その間にレースもどんどんスピードアップし、複雑になってきている。相撲の四十八手が七十何手かになったように、新しい戦法が加わってきている。

競輪は風圧との闘いである

だが、まず、基本からいこう。

第一に、風圧の問題がある。レースはおおむね二〇〇〇メートル前後だが、風の抵抗がかなり負担になるので（全速力で逃げると風圧のために呼吸ができないという。したがって逃げ選手は肺活量が大きくないといけないらしい）、選手は最初から先頭に立ちたがらない。それで九人の選手のなかで格下の者がビリを覚悟で（半周ごとにトップ賞金というものが別途に設けられている）先頭に出てしまう。これをトップ引きという。現在は選手の成績が点数制になっているため、トップ引きを志望する者が少なく、九人の選手以外に、レースに参加していない控え選手が出てトップを引いてやる。黒子のようなユニフォームの選手がそれで、先頭誘導員という。つまり、皆が風圧を避けて、誘導員や他の選手をカベがわりにして、その陰で走るのだから、競馬のように一頭ずつばらばらに走るわけではないのである。これが競輪の大きな特徴で、まずこれをしっかり頭に入れていただきたい。

では、誰をカベがわりにするか、ということになる。一番強い選手のすぐ後ろにいればよいが、誰しもそう思うので、当然位置どりの争いが起きる。競輪は最終的にはスピード競走だが、それまでは位置どり競走だということもできるわけだ。

今、九人のうち、Ａ選手が抜群だとする。すこし差があってＢとＣがいる。ＢもＣもＡのすぐ後ろに行きたいが、お互いに主張し合うと二列併走ということになる。二列になれば風圧もかかるわけだし、横の相手をどかそうとして押し合いになり、持てる力を道中で消耗するわけで、せっかく位置をとっても、末足を欠いてしまうのではなんにもならない。そこで、かりにＣが判断をして、Ｂと競《せ》り合って力をロスするくらいなら、ＡＢの後ろに待機して、ＡＢに続く三着か、ＡかＢのどちらかを抜いて二着か、そのほうが着順が安定する、という計算をたてる。そこでＡＢＣと一列に並ぶことになる。

この場合、おのおのが自分で自分の能力をきちんと判断し、最も有利な走り方を考えるわけだが、同時に他の選手が自分をどのように評価しているか、ということも考え合わせなければならない。Cが自分は強いと思っていても、他の選手がBのほうが強いと思っていると、たとえばその下のDは、ABDというふうにBを当てにしてしまう。弱いCについたら、Cが競《せ》り負けるときに一緒にずるずる下がらなければならない。したがって、Cはずれ者で、コーナーのたびに外に振られることになる。またCが内側にいても、走路は楕円形をしているから、一人のけ者にされるとちょうどポケットされたようになって、Cがすぐ前のAを抜くためには、内側からは恵まれぬ限り抜けず、いったん最後尾に下がって外側を出直さなければならないことになる。すると、いかに二番手という好位置にいても、最後尾を走っているのと同じという理屈になるのである。

実際にはもうすこし複雑だが、一列棒状にならざるをえない基準がおわかりだろうか。

脚質のちがいを頭に入れる

さて、強い弱いといっても、ただ走るのが速いというだけのことではない。おおざっぱにいって、地脚型と廻転型という脚質があり、地脚型は耐久力に特長がある。風圧にもめげず同じようなスピードを持続できることに優れているタイプ。廻転型は瞬発力、つまり一瞬のスピードに長《た》けているタイプ。

地脚型は一瞬の瞬発力には劣るわけだから、人の後ろにいては追い抜けない。おおむねは逃げ屋になる。カベを利用する位置どりに苦労するのは廻転型である。しかし実際には、地脚型の逃げだけでなく、スピードに特長のある逃げもいるし、追込型のなかにも、あくまで位置に固執する地脚型の追込もいる。またさほど位置にこだわらず三、四番手から追い込んでくるスピード型の追込屋もいる。その他、後方から中バンクを利用するなどして一気に駈けるまくりを得意とする者もいる。走力以外にも、マーク技術やその他のかけ引きに優れている者、目標を選ぶ勘が優れている者、いろいろあって脚力とはその総合力なのである。

そこで予想紙をごらんになっていただきたい。脚質のところに、「逃脚」とか「追込」とか「逃差」とか記してある。基本的にいって、一番強い追込屋が、一番強い逃げ屋を目標にすると思ってよろしい。追込屋は前述したとおり、ほぼ力量どおりの順番に並ぶ。

しかし逃げ屋が一人とは限らない。二人、三人、それ以上になる場合もある。一番強い追込選手は自由に目標を選べるが、あとの追込屋たちは、逃げ屋たちの脚力を測定する。そうして、逃げAと逃げBが力が拮抗していると思えば、逃げA↓強い追込、という本線を捨てて、一か八か、逃げBの後ろに行くかもしれない。Bの逃げが成功すれば、自分が最有利であり、一着が狙えるからだ。その場合、本線は逃げA↓強い追込a↓三番目に強い追込c、という並びになる。また逃げ屋たちよりも追込aのほうが力上位で、aが一着を取りそうだという場合なら、aの二着を狙って、二番目に強い追込bは、A↓a↓bという本線を組み、追込cは逃げBのほうへ行くかもしれない。

すべて、選手間の相手に対する評価の結果であり、選手もファンも頭を絞ることになる。いかなる意味であれ、強い者の後ろが有利なので、一列棒状の並びにその評価の結果がありありと出ることになる。

強きを助け、弱きをくじく

AB二人の逃げ屋がいると、残り七人の追込屋たちは、二筋の逃げに対して、四人と三人に別れる場合がある。また五人と二人、六人と一人、甚だしい場合には七人全部がAのほうに行き、Bは誰もかえりみないということもある。これが逃げ屋同士に対する脚力評価の結果なので、誰も後ろについてくれない逃げ屋は、哀しいことに走りようがないのである。先行してもすぐ後ろに強い逃げAがいて叩かれてしまうし、後方からまくりあげるとしても八人の長い列を追い越さなければならない。つまり、一人対共同の八人という対立になるわけだ。だから、強弱の差が大きいほど、強いほうの逃げは自分のペースで走れるわけである。逃げ屋に限らず、強ければ他の選手が背後にいて（ゴール前までは）守り立ててくれるわけだから、強い者ほど走りよい。より正確にいえば、強いというイメージがある者ほど楽な競走ができる。勝負事はなんでも強きを助け、弱きをくじく、である。

ところが、強弱に差のあるレースばかりではない。逃げ屋、追込屋、いずれも拮抗している混戦レースも多い。こういうときに、しょっちゅう練習している同県同士で並んだり、同期生の作戦、あるいは遠征勢同士で作戦を組んだりもする。なにしろ競輪は一人単独に走るわけではないから、ある程度の共同作戦はやむをえないし、選手だって目標に迷う場合は、よく知っている選手につけることが多い。これは不明朗なケースとは別のことだ。

それからホームバンクの地元選手も、ある程度の有利な条件がある。追込型ならば、一クラス上の格と考えればよい。これは選手間の無言の仁義なのであろう。お互いに出身地を走るときは、並びでいうと一つ上の番手を走れることが多い。むろん、それもなんでもかでもというのではなく、同格なら地元優先という程度だ。なにしろ追い上げられてポケットされてしまう不利を考えると、自分より強い者も後ろに置きたくないのだ。

強い者が前にいたのでは追い抜けないではないか、とおっしゃる向きもあろうが、何も一着じゃなくてはいけないわけではない。自分の力どおりの、あるいはそれよりすこしでもいい着順を取りたい。ファンは連にからむ一、二着しか考えないが、選手は五着より四着、六着より五着を狙って、すこしでも着賞金を稼ぎたいのである。

同じような理屈で、どうしても少数派になりがちな遠征選手も、格一つ下げるくらいの価値がよろしい。特に位置どりに固執するマークの追込屋の遠征は、同格の地元勢によく競《せ》り込まれて走りにくい。

以上が並びの原則である。が、むろんこれだけではない。ファンは予想紙を見ながら、並びを想定する。並びどおりでゴールするとは限らないが、自分で並びを推理することができるようになると、ファンも一人前ということになる。

初期の競輪は、並びの原則がほぼそのまま形に現われていた。ごく初期は、とにかく道中は脚力をためてのろのろ走り、並びは格本位で、最終二角からバックストレッチ、特に四角からゴールまでの直線のもがきに全力をかけた。競輪の誕生は九州関西方面が早く、西に五〇〇バンク（直線が長い）が多かったせいもある。

近代競輪と高原永伍

それからマージャンでいうと、ヨンパー、クンロクの時代。本線の逃げが正攻法でトップ引きの後ろ二番手を占め、ワキ筋の逃げと、ジャン前後で主導権争いをする。叩かれたほうは下がって立て直し、再びまくりあげていく、という時代。

昭和三十年ごろに高原永伍が現われて大活躍し、それがきっかけとなって、おいおいに新しいレース形態になってくる。

高原永伍は猛練習の成果で、ほぼ一周、変わらぬスピードで逃げることをやった。それまでの逃げ屋は、最終周、二角からトップ引きをかわしてバックストレッチをいったん吹かし（他にまくられないように）、三角手前でややスピードをゆるめてコーナーの最内側を曲がり（全速力でコーナーをまわると外にふくれてしまうのである）、四角から直線入口でまた踏み直すというのが常識だった。

そのコーナーを流すところをついて、まくり屋は外側をダッシュする（カントの上を使うと全速力で廻ることができる）。

ところが高原永伍は、コーナーも同じスピードで廻ってしまうのである。で、後ろについている追込屋たちは息をつくことができずに、かえって直線でつきバテしてしまう。

永伍の逃げはラップタイムではそれほどよくはないのだが、以上の点が強みで逃げ切ってしまう。つまり、それまでの競走より、ダッシュのポイントが半周ほど早くなっているのである。

その影響が他の選手たちにも現われて、新しい逃げ屋たちは、いずれも永伍スタイルを目標にした。その結果、トップ引きも含めて、ジャン前後からレースが緊迫し、スピードアップして、見た目にいっそう面白くなった。

けれども、スピードアップした結果、叩かれて後退した逃げ屋がまくり返せなくなってしまったのである。で、叩き先行が圧倒的に有利、逃げ屋は前のほうに位置していては不利ということになった。

このことは二つの新しい形を生む。一つは、インねばりである。叩かれて後退したのでは出直せないとみて、先行位の逃げ屋が、他の逃げ屋が来ると、下がらずに一転してマーク型となってインでねばり、叩き先行にマークしてきた選手をはね飛ばそうとする。

それまでの逃げ屋は、逃げの練習だけしていればよかったのが、競《せ》り合いやマークの技術も身につけなければならなくなった。それまでの地脚型の選手は、叩かれてずるずる下がったきりになるか、叩かれる前に早く飛び出して一周以上逃げるか、二つに一つを迫られた。

もう一つは、逃げ屋たちがそろって先行位を嫌った結果、スタートから前に行かずに後方待機することになったわけである。そうすると前方は追込屋、後尾に逃げがかたまって待機するという形になる。このことは追込屋たちにとっても変速をもたらし、初めから目標を決めて食いさがるのではなく、前方に待機していて、自分の目標にしたい逃げが上昇してきたときにすかさず食いさがるということになる。

すると、トップ引きの後ろ、これまで逃げ屋がいた先行位という位置が、追込屋にとって大事な位置になった。スタンディングといって、スタートからダッシュしてすかさず先行位を取る戦法が生ずる。それが一種の権利になって、逃げ屋が上昇してきたときに番手が貰えるというわけだ。逃げ屋に他のマーク屋がついてきても、インで競《せ》り込めるわけで、コーナーがあるからおおむねはインのほうが競《せ》りは有利ということになっている。

ひところはスタートダッシュの利く選手が、すかさず位置を取って、レースを有利に運んでいたものだ。現在はひところほどスタンディングが重視されない。

というのは、特にS級あたりの上位レースでは、どんどんスピードアップのポイントが早くなってきていて、誰も彼もが逃げないまでも自力で動かなくては勝てないようになってきた。ジャン前後から各逃げ屋たちがいっせいに動き出し、それにつれて追込屋たちも追い上げたりまくりあげたりしていく。そのためにインで閉じ込められていては動きがとれずに不利ということになってきたのである。

もう昔のように、マーク一点で目標選手に食いさがることだけを得意にしていた選手は、時代おくれの走法になって、上位では通用しなくなってしまった。

遊びはむずかしいほうが面白い

それにつれて車券戦術も一段とむずかしくなったのである。逃げ屋も追込屋も、いずれもなんでもできなくてはならない。一方で、自転車そのものが改良され、バンクも整備されて、昔とは段ちがいに早いタイムが出るようになっている。戦法の切り換えも、タイミングのつかみかたも、一瞬のうちに決めなければならない。

レースが高度になり、見た目にもスリルが増し、若い選手が増えて脚力も拮抗、古い顔などに遠慮しなくてもいい、となると戦国時代で、まことに好ましい発展の仕方なのだが、車券がますますむずかしくなってもきた。

今、S級のレースなどは本命サイドで七〜八百円という配当が珍しくない。選手ばかりでなく、スタンドの客のほうも、猛勉強を強いられることになってきたが、遊びというものは、むずかしいほうが面白いことも確かなのである。

以上は、ほんの原則的なことで、実戦は無数のヴァリエーションがあり、ここから先がそれぞれの研究範囲なのでもあります。ご健闘を祈る。

＊編集部註：『競輪痛快丸かじり』（徳間書店）のこと

底本・著者プロフィール

○パチンコ

「東京パチンコ組合」――『パチンコのための夜想曲集』大和書房
ねじめ正一（ねじめ・しょういち　一九四八―）詩人、作家。『ふ』『高円寺純情商店街』『商人』他
「パチンコ中毒症状」――『パチプロ編集長』光文社
末井昭（すえい・あきら　一九四八―）編集者、作家。『素敵なダイナマイトスキャンダル』『自殺』他
「にちようびはいつも妻とパチンコ」――『パチンコのための夜想曲集』大和書房
荒木経惟（あらき・のぶよし　一九四〇―）写真家。『さっちん』『陽子　荒木経惟写真全集』他
「競馬とパチンコ」――『パチンコのための夜想曲集』大和書房
遠藤周作（えんどう・しゅうさく　一九二三―一九九六）作家。『海と毒薬』『沈黙』他

○麻雀

「裏ドラ麻雀の秘密」――『五木寛之エッセイ全集　第五巻　重箱の隅』講談社
五木寛之（いつき・ひろゆき　一九三二―）小説家。『青春の門』『親鸞』他
「名人戦の思い出」――『アヤツジ・ユキト２００１―２００６』講談社
綾辻行人（あやつじ・ゆきと　一九六〇―）作家。『十角館の殺人』『Another』他
「重い病気にかかっています」――『祈れ、最後まで・サギサワ麻雀』竹書房

鷺沢萠（さぎさわ・めぐむ　一九六八―二〇〇四）作家。『帰れぬ人びと』『駆ける少年』他
「西原初段の「麻雀の極意」」――『サイバラ茸2』講談社
西原理恵子（さいばら・りえこ　一九六四―）漫画家。『ぼくんち』『毎日かあさん』他
「もしあのとき」――『宇野千代全集　第十巻』中央公論社
宇野千代（うの・ちよ　一八九七―一九九六）作家。『おはん』『或る一人の女の話』他
「麻雀インチキ物語」――『海野十三全集　別巻一』三一書房
海野十三（うんの・じゅうざ　一八九七―一九四九）作家。『蠅男』『火星兵団』他
「わかっちゃいるけどやめられない」――『人間万事嘘ばっかり』ちくま文庫
山田風太郎（やまだ・ふうたろう　一九二二―二〇〇一）作家。『甲賀忍法帖』『幻燈辻馬車』他
「色川武大さんのこと」――『三角のあたま』角川文庫
阿刀田高（あとうだ・たかし　一九三五―）作家。『ナポレオン狂』『ギリシア神話を知っていますか』他
「雪の夜話」――『ムツゴロウ麻雀記』徳間文庫
畑正憲（はた・まさのり　一九三五―）作家、動物研究家、プロ雀士。『われら動物みな兄弟』『ゼロの怪物ヌル』他
「夢の中へ」――『競馬の快楽』講談社現代新書
植島啓司（うえしま・けいじ　一九四七―）宗教人類学者。『快楽は悪か』『生きるチカラ』他

○花札、カジノ、チンチロリン……

「花札」――『獅子文六全集　第十四巻』朝日新聞社
獅子文六（しし・ぶんろく　一八九三―一九六九）作家。『てんやわんや』『悦ちゃん』他
「賭け事は向かない」――『猫の散歩道』中公文庫
保坂和志（ほさか・かずし　一九五六―）作家。『季節の記憶』『未明の闘争』他
「賽の踊り（抄）」――『深夜特急』新潮文庫
沢木耕太郎（さわき・こうたろう　一九四七―）作家、写真家。『凍』『キャパの十字架』他
「ギャンブルのこと」――『マンボウおもちゃ箱』新潮文庫
北杜夫（きた・もりお　一九二七―二〇一一）作家、精神科医。『どくとるマンボウ航海記』『楡家の人びと』他
「賭博者はダンディであるべきだ」――『柴田錬三郎選集　第十八巻』集英社
柴田錬三郎（しばた・れんざぶろう　一九一七―一九七八）作家。『イエスの裔』『眠狂四郎無頼控』他
「世界一けんらん豪華な手ホンビキ博奕（抄）」――『ヤクザの世界』ちくま文庫
青山光二（あおやま・こうじ　一九一三―二〇〇八）作家。『修羅の人』『吾妹子哀し』他
「手本引きに取り憑かれて」――『博奕・ギャンブル・旅烏』プレイグラフ社
安部譲二（あべ・じょうじ　一九三七―）作家、俳優。『塀の中の懲りない面々』『俺達は天使じゃない』他
「チンチロリン」――『色川武大　阿佐田哲也全集12』福武書店
色川武大（いろかわ・たけひろ　一九二九―一九八九）作家、雀士。『離婚』『狂人日記』他

「ギャンブル無情」――『ゴキブリの歌　五木寛之作品集22』文藝春秋

○競馬

「三番手」――『幸田文全集　第十六巻』岩波書店
幸田文（こうだ・あや　一九〇四―一九九〇）作家。『黒い裾』『闘』他
「競馬の一日に就いて」――『菊池寛全集　第二十三巻』菊池寛記念館
菊池寛（きくち・かん　一八八八―一九四八）作家。『恩讐の彼方に』『真珠夫人』他
「競馬場にて」――『田村隆一全集5』河出書房新社
田村隆一（たむら・りゅういち　一九二三―一九九八）詩人、翻訳家。『言葉のない世界』『ハミングバード』他
「競馬　群衆のなかの孤独」――『澁澤龍彥全集7』河出書房新社
澁澤龍彥（しぶさわ・たつひこ　一九二八―一九八七）作家、評論家。『唐草物語』『高丘親王航海記』他
「私の「優駿」と東京優駿」――『宮本輝全集　第十四巻』新潮社
宮本輝（みやもと・てる　一九四七―）作家。『泥の河』『骸骨ビルの庭』他
「馬のいる風景」――『無口な友人』
池内紀（いけうち・おさむ　一九四〇―）独文学者、エッセイスト。『海山のあいだ』『恩地孝四郎一つの伝記』他
「競馬のリアルを求めて」――『昆虫の記憶による網膜貯蔵シェルター、及びアンテナ』月曜社

清水アリカ（しみず・ありか　一九六二―二〇一〇）作家。『革命のためのサウンドトラック』『チャーリーと水中眼鏡』他
「足を洗う」――『猫と馬の居る書斎』自由国民社
柳瀬尚紀（やなせ・なおき　一九四三―二〇一六）翻訳家、エッセイスト。『英語遊び』『猫舌三昧』他
「追憶の1978年」――『競馬漂流記　では、また、世界のどこかの観客席で』集英社文庫
高橋源一郎（たかはし・げんいちろう　一九五一―）作家。『日本文学盛衰史』『恋する原発』他
「ぼくの愛した馬」――『石川喬司競馬全集　第三巻』ミデアム出版社
石川喬司（いしかわ・たかし　一九三〇―）作家、評論家。『SFの時代』『エーゲ海の殺人』他
「笠松のおぼこい乗り役たち（抄）」――『草競馬漂流記』新潮社
山口瞳（やまぐち・ひとみ　一九二六―一九九五）作家、エッセイスト。『江分利満氏の優雅な生活』『男性自身』他
「希望という名の病気もある」――『競馬放浪記』ハルキ文庫
寺山修司（てらやま・しゅうじ　一九三五―一九八三）歌人、劇作家。『田園に死す』『書を捨てよ、町へ出よう』他

○競艇
「僕が競艇を好きな理由」――『僕はこうして生きてきた』コスモの本
蛭子能収（えびす・よしかず　一九四七―）漫画家、タレント。『地獄に堕ちた教師ども』『蛭子能収のゆるゆる人生相談』他

「第8レース、一八〇〇メートル！」――『競艇人生　かまし一発』浪速社
横山やすし（よこやま・やすし　一九四四―一九九六）漫才師。『まいど！横山です　ど根性漫才記』

○競輪
「ギャンブラー英才教育」――『君は嘘つきだから、小説家にでもなればいい』文春文庫
浅田次郎（あさだ・じろう　一九五一―）作家。『蒼穹の昴』『鉄道員』他
「明日の新聞」――『時計をはずして』文春文庫
伊集院静（いじゅういん・しずか　一九五〇―）作家、作詞家。『受け月』『ノボさん　小説正岡子規と夏目漱石』他
「ギャンブルの帝王、それが競輪」――『ギャンブル放浪記』角川春樹事務所
阿佐田哲也（あさだ・てつや）色川武大の別名義。『麻雀放浪記』『牌の魔術師』他

本書はちくま文庫のためのオリジナル編集です。

なお、本書中には今日の見地からは不適切と思われる表現や語句がありますが、作品発表時の時代背景と作品の価値を鑑み、そのまま掲載いたしました。

ちくま文庫

ひりひり賭《か》け事《ごと》アンソロジー
わかっちゃいるけど、ギャンブル！

二〇一七年十月十日　第一刷発行

編　者　ちくま文庫編集部
発行者　山野浩一
発行所　株式会社　筑摩書房
東京都台東区蔵前二―五―三　〒一一一―八七五五
振替〇〇一六〇―八―四一二三
装幀者　安野光雅
印刷所　中央精版印刷株式会社
製本所　中央精版印刷株式会社
乱丁・落丁本の場合は、左記宛にご送付下さい。
送料小社負担でお取り替えいたします。
ご注文・お問い合わせも左記へお願いします。
筑摩書房サービスセンター
埼玉県さいたま市北区櫛引町二―六〇四　〒三三一―八五〇七
電話番号　〇四八―六五一―〇〇五三

ISBN978-4-480-43475-3 C0195